「因为爱，所以坚持」系列·3

爱是一种循环

渐冻人葛敏人生笔记

葛敏 ◎ 著

文化发展出版社
Cultural Development Press
北京

图书在版编目（CIP）数据

爱是一种循环：渐冻人葛敏人生日记 / 葛敏著．——北京：文化发展出版社，2023.12
 ISBN 978-7-5142-4061-0

Ⅰ．①爱… Ⅱ．①葛… Ⅲ．①中国文学－当代文学－作品综合集 Ⅳ．①I217.2

中国国家版本馆CIP数据核字(2023)第154475号

爱是一种循环：渐冻人葛敏人生日记
葛敏 著

出 版 人：宋 娜	特邀策划：谢 香
责任编辑：岳智勇 步 超	责任印制：杨 骏
书籍设计：金 刚	

出版发行：文化发展出版社（北京市翠微路2号 邮编：100036）
网　　址：www.wenhuafazhan.com
经　　销：全国新华书店
印　　刷：北京荣泰印刷有限公司

开　本：889mm×1194mm 1/32
字　数：78千字
印　张：7.25
版　次：2023年12月第1版
印　次：2023年12月第1次印刷
定　价：58.00元
ＩＳＢＮ：978-7-5142-4061-0

◆ 如有印装质量问题，请与我社印制部联系电话：010-88275710

目 录

序言 爱，也是一道光　卢新华 ‖4

第一篇 渐冻于我是一场修行
给自己

渐冻人的必备武器　‖002

乘车记　‖018

人在囧途　‖022

爬楼记　‖027

人到四十　‖034

SPA那点事　‖042

我与安眠药的爱恨情仇　‖046

当人生陷入困境时，不妨读书吧　‖054

我心自有光明月　‖059

第二篇 因为爱你，才放手
给孩子

特殊妈妈不再特殊　‖070

只想看看你　‖074

赠予儿子的精神礼物　‖086

有一种爱叫学会自我成就　‖097

第三篇 您陪我一程　我念您一生
给生命中的亲人

老爸　‖110

　　——献给天下所有的老爸

您陪我一程　我念您一生　‖120

　　——追忆恩师赵必纯

第四篇 爱是一种慢性循环
给病友

我和病友陌尘 ‖134

最美的爱情 ‖150

渐冻人生命中的浪漫 ‖160

"冰语阁"里见人性 ‖169

让爱汇成一条河 ‖181

附录 小诗一札

绚烂的生命旅程 ‖196

当我真正开始爱自己 ‖198

后记 假如等不到解冻的那一天 ‖204

护理手札 渐冻人护理手记　樊东升 ‖214

序　言

爱，也是一束光
——葛敏《爱是一种循环》

第一次听到葛敏这个名字，是在菲律宾马尼拉的一辆旅游大巴上。

当时，旅游大巴满载着来自世界各地的华文作家，驰骋在相较于中国显得有些简陋的高速公路上。

中途停车休息时，坐在身后座位上的光明日报出版社编辑谢香女士，忽然凑近我耳边对我说："卢老师，我们要出一本渐冻人自己书写的书籍《因为爱，所以坚持》，可否请你帮忙写个序？"

这些年，我经常参加慈善公益活动，于是便慨然应允了，但我也忍不住问："什么是'渐冻人'？"

谢香女士马上告诉我，刚去世不久的英国著名物理学家霍金就是渐冻人。接着又说："我发几个微信和几篇文章给你看看吧，多数都是关于葛敏的，她是这本书的主编，原是个很出色的舞蹈演员和舞蹈老师，很遗憾，三十四五岁的年纪就……"

就这样，我在异国他乡的土地上，第一次与葛敏这个名字不期而遇，并很快了解到葛敏还是我的南通小老乡。

渐冻症是世界三大绝症之一。患者发病初期通常喉咙不舒服，身上肉跳，渐渐地就不能说话，四肢则一点点僵硬，最后只能用目光和人交流。渐冻症患者身体尽管不能动了，思维却一点儿不受影响，甚至比生病前还要敏锐。多数人的存活期只有三到五年。

葛敏文中是这样描写和叙述自己的病情和父亲的："……曾经的老爸胸无大志，好逸恶劳，除了老实善良，一无是处，还经常扮演着'成事不足败事有余'的角色。他和我妈仿佛是两个世界的人。……如今的老爸不仅是我和妈妈的精神支柱，还在我的生活中扮演着三种角色：出气筒、保镖和保姆……朱自清对父爱深沉的感受凝聚在父亲攀爬站台的背影上，我则对老爸不拘时间和环境，得空便能熟睡的身影格外动情……"

说实话，那一刻，我不仅被葛敏所叙述的老爸的故事而且也被她生动活泼、诙谐睿智的文字打动了。为了写好当时约请的序言，我就向谢香女士要来葛敏的微信号并征得葛敏本人的同意，决意去采访一下她。

在一个细雨蒙蒙的天气里，我从上海驾车前往南通与葛敏相见。虽然她已经口不能言，和我面对面沟通也必须借助微信，走路也只能在老父亲或保姆的细心搀扶下一点点往前挪动，但她看上去依然很干练：衣服很整洁，头发一丝不乱，目光中不仅透露出病人少有的坚韧、热情、洒脱、睿智，甚至还有一种视死如归的淡定。她可以听我讲话，但她回应我时，除了间或点点头或以眼神作答外，便须低下头去，用当时尚可活动的两只手指去艰难地敲击手机键盘……

此情此景，忽然让我想起十几年前有一次在张海迪家中做客时的情景。当时，我握住她的手，竟然发现她两手手背的关节处都长着厚厚的老茧，忍不住问她："这是怎么回事？"海迪却轻描淡写地告诉我:"写作时坐久了,就要用手背撑着轮椅的扶手直一直身子,久而久之,手背就成这样了。"

我至今还能清晰地记得海迪当时说这些话时,那一脸气定神闲的灿烂的微笑。而这同样的微笑,此刻也正从葛敏的脸上、身上、目光中,甚至每一个毛孔里散发出来……这得需要一种怎样的毅力和心态才能发出这样的微笑啊!再想到在常人眼中已是自顾不暇的她,现在还一心扑在"冰语阁"上,忘我地点亮自己,照耀别人,为他人取暖……我顿时既感佩,又有一种难言的心痛。

这次读葛敏新编的书稿《爱是一种循环》,依旧再次震撼到我。

透过这些文字,我又一次理解了她是怎样从人生的辉煌处突然被弹出,像跌进冰窖一样备受煎熬的。

她这样说:"身体如同被蛛网网住的小虫,虽拼命挣扎，却始终逃不出被粘住双翅的那张丝网。夜晚如不幸被蚊子咬到奇痒难当，又无法抓挠，神经末梢传来一阵细微的刺痛，任由着它吸饱喝足后逃之夭夭，只在我身上留下又痒又红的一坨凸起……如果还想用一个网络流行语来形容，非中国游泳名将傅园慧的'洪荒之力'莫属。用洪荒之力穿衣脱裤，用洪荒之力洗头洗澡，用洪荒之力端茶端菜，用洪荒之力做一切曾经都不费力的动作……"

而最让她痛心的是，当儿子晚上睡觉蹬掉被子后，她担心空调会让他着凉，然而双臂却根本拉不动压在孩子身下的被子。她说："我一次次使出浑身力气试图拉出被子，却一次次失败。那一刻，所有憋屈的眼泪和挣扎的汗水汇在一起……"

然而就是在这样的窘境下，葛敏依旧不妥协、不放弃、不言败，并毅然联络病友们一起创立了"冰语阁"公众号和"一米阳光"群，带领大家一起"抗冻"，在"抗冻"的艰辛途中互相支持，互相帮助，互相鼓励，互相抱团取暖。为了帮助病友们更好地"抗冻"，她还结合自己的体会和对疾病的认识，用科学和理性思维写了一篇《渐冻人的必备武器》……

我越来越被渗透在全书字里行间的理性和大爱所笼罩。

人总是要死的。尽管有人长命百岁，有人幼年早夭，在微观的时间刻度上似乎有所不同，但相对于浩瀚的宇宙长河而言，都不过是倏忽一瞬。恍惚间，我倒觉得本书的作者多少带有了一种先知的意涵，弘法和布道的意蕴。她的所作所为、所思所想，也给了我一种"明白人"的印象。什么是"明白人"？人什么时候最"明白"？有一个比较被认可的说法是：人在倒霉的时候最明白，人在大病后最明白，人在分开后最明白，人在下台后最明白，人在退休后最明白，人在临终前最明白。渐冻症患者可以说无一遗漏地经历了人生的这些艰难时刻，所以他们肯定也是这世界上最明白的人。

因为是明白人，葛敏才会一遍遍提道："生活中总有些东西是我们无论多努力都抓不住的。知取舍，懂进退，方能有所成。放弃一些东西，不是为了停靠，而是为了更远地航行。"她也说："人人都有一本难念的经，每个人都有自己的苦和难，或是疾病，或是纠缠不清的情感，或是童年挥之不去的阴霾。学会和苦难和解、与苦难共处是我们每个人都该有的生存之道……"

读着这些好似警世恒言的智慧之语，真让人有醍醐灌顶之感。

再看面前的这部书稿，展现在我眼前的已不再是简单的医学意义上的渐冻症患者，而是上天赐给人类的一个包含了造物主的良苦用心的隐喻或象征。因为实实在在地讲，只要人类逃不脱一死——从广义上而言——每个人就都是渐冻症患者。三年和五年、九十年和一百年的时间刻度，在宇宙的长河中都不过是刹那的一瞬。我曾听一位神经专科的名医说过，渐冻症的本质是神经元的丢失。神经元在我们的身体中有着一个恒量，丢失一个就会少一个，而不会像其他细胞组织一样不断再生。因此，一旦神经元的丢失达到一个峰值，就像温度降到零摄氏度以下，一个人身体的"渐冻"也就开始了。因此，我有时也想，其实不仅一个人会患渐冻症，一个时代、一个社会、一个民族，如果不断地、经常地丢失那些一经丢失便无法再生的精神和灵魂领域里的神经元，同样也会患上渐冻症的，精神和灵魂的肌肉也会萎缩，骨骼一样会僵硬，也会有话说不出，有力无法使，处处显示出心有余而力不足，必须躺平才行的疲态。故而，我相信，这本书只要有人认真去阅读，虽然不能帮你"出埃及"，却一定可以帮助你在一定程度或一定时间段内"出物欲"。因为在迫在眉睫、无可回避的死亡的狰狞面目的注视下，人类一切的贪着和执念都显得特别荒诞和可笑。

行文至此，葛敏的形象又像天使一样在我的面前盘旋。葛敏其实还有一个网名或笔名叫"暖禾"。我从没有问她为什么要起这样一个名字，但我知道她的意思大概是：虽然身体一点点僵冻住了，但只要还有一口气,她就还要向病魔抗争,并在抗争的过程中,让自己变成一根、一捆,或一堆燃烧的干柴,去照亮病友与病魔抗争的道路,去烧毁过去曾有过的一切痴心和妄念,同时化作一股大爱的暖流去温暖病友以及世人的心……

也许正因为她的思想、感情和灵魂从未被僵冻住,几年的时间里,她靠着眼动仪打字,竟然又梳理出这样一本记录自己与命运抗争,与病魔和平共处,并秉持着一种大爱无疆的精神与病友抱团取暖的感人之书。

感谢葛敏,感谢暖禾,感谢你乘愿而来,感谢你又奉献给世界《爱是一种循环》。从因为爱,所以坚持,到爱的循环,那不正是亘古以来人类社会最伟大的慈悲和博爱的力量,同时也是人类在没有被污染之前最清净的如同莲花一样的本性吗?于是,我也想说：爱，也是一束光。葛敏和她的病友们，都是那一束束光！

卢新华

2023年6月2日补记于上海万里真金苑

卢新华 1954年出生。1982年毕业于复旦大学中文系；1986年赴美国加州大学洛杉矶分校就读，获文学硕士学位。1978年发表短篇小说《伤痕》，获同年全国优秀短篇小说奖，是新时期"伤痕文学"的开山之作，被译成英、法、德等多种语言。1979年加入中国作家协会；曾任《文汇报》文艺部记者。主要作品有长篇小说《森林之梦》《细节》《紫禁女》《伤魂》，长篇随笔《财富如水》《三本书主义》，中短篇小说《魔》《米勒》《伤痕》等。现为国务院扶贫办所属"友成企业家扶贫基金会"高级顾问。

渐冻人的必备武器　　　　　　　乘车记

人在囧途

SPA那点事

我与安眠药的爱恨情仇

第一篇

渐冻于我是一场修行

给自己

渐冻人的必备武器

得了渐冻症（amyotrophic lateral sclerosis, ALS），身体一天天退化，但精神可以不断成长。我们应该把自己活成一束光，因为当你成为光时，谁都愿意靠近你。

不管你是何方神圣，只要医院诊断书下来，必定会经历几个心理过程：恐惧—怀疑—无助—抑郁—接受—死扛。我当然也不例外。如果渐冻症（肌肉缩侧索硬化）这个病带给你的痛苦占据了生活的百分之九十，那么读完我的文章，也许你可以做到痛苦和快乐各占百分之五十。我的经历使我相信，即使是世界性难题，无药可解，只要自己不放弃，怀揣梦想，心怀感恩，则可以活成人生暗夜里的一束光，成为一股让健康人都备受鼓舞的生命力量。

确诊初期，我有一年的时间是和手机、安眠药、抗抑郁药、镇静剂以及眼泪度过的。那时，我觉得谁摊上这种病都会万念俱灰。抱手机是因为不能对父母、孩子说，不敢对丈夫多说，于是曾经的知心朋友，就成了我唯一的倾诉对象。如果不靠倾诉打发时间，那我的小宇宙就会爆炸。其实整日抱着手机倾诉，反映出我内心深处的恐惧和六神无主，试图从高人口中得到答案和慰藉。抱各类精神科的药是因为我已经清晰地意识到，自己失控了，茶饭不思，彻夜不眠，心率不稳，浑身哆嗦。跑到医院，不出所料，医生诊断我是焦虑抑郁。于是，扛不过去的时候我只能依靠药，每天各种安眠药吃下去。但我依然会半夜惊醒，要眼睁睁地苦熬到天亮，这种状态持续大半年，我得了睡前恐惧症。

当上帝给我关上一扇门，总该打开一扇窗吧。对于一个不能动、不能说的人，打开这扇窗谈何容易。而当这扇窗打开时，我的人生开始触底反弹，病情被遗忘、忽视了，生命无意间编织出另一道彩虹。因为，我学会了运用渐冻人的武器。

首要武器——移情

移情本来是精神分析领域的一个术语，我用它来表达将情感和注意力从对病情的关注转移到其他事情上。从精神层面而言，每一位渐冻患者眼睁睁看着自己逼近死亡，都很难有一个好心态；不仅如此，绝大多数人还会经历和我一样漫长而抑郁的黑暗日子。经验告诉我，越是痛苦、越是度日如年，就越要有事想、有事做。将情感转移比抑郁药和安眠药效果更快、更好。

让自己移情的事应具备以下条件：

第一，是自己真心喜爱能投入的；

第二，是有利于身心健康，可以轻松完成的；

第二，是有持久投入前景的。

渐冻症严重后，往往不能说、不能动，能够利用的仅有眼睛、耳朵和大脑三样"法宝"，建议去做用这三样"法宝"就可完成的事儿，比如：阅读、听书、写作、上网、追剧等。总之什么能让你心情大悦、暂且忘却病痛，就尝试探索，直到找到最适合自己的事情为止。

谈谈我个人移情抗悲的一些方法和窍门。

我曾提到过自己有一年是浑浑噩噩度过的，因为找不到未来的方向。值得庆幸的是，我在朋友的鼓励下爱上了写作。从最早只想若干年后给儿子留点什么精神财富，到创建"冰语阁"公众号，再到今天我可以为病友们做点力所能及的、有意义的事情。不知不觉间，我将自己对绝症的恐惧和痛苦移情为对公益事业的热情之中。在帮助别人的同时，自己也获得了众人的关爱和鼓励。我感到了自己人生的价值，不再觉得自己是废人一枚，也很快脱离了精神药物。如今，我每天都感觉时间过得飞快，睡觉也是沾枕便着。

　　除此之外，我还喜欢移情美食、风景、聚会、电影、电视连续剧、音乐、书籍和运动等。总之，在自己身体状况允许的情况下，尽可能利用互联网的便利，让每一天都过得充实而有意义。不去想过去遭遇了什么，未来会面临什么，只想今天能做什么，而且立马行动。

武器二——淡定和忘却

渐冻人所遭的罪在我眼里堪比古代的酷刑：废了你的手脚，断了你的进食和呼吸之外，还把你唯一可以宣泄和沟通的话语权给剥夺了，让人"哑巴吃黄连"，有苦说不出，有冤喊不出。饶是如此，凡事依旧不能心急、不能暴躁，一旦急火攻心，就可能会加速病情的发展。再委屈、再难过、再气愤，也要学会淡定。理性大于感性才能活得长久。当然人人都有脾气和情绪，渐冻症患者遭遇的事更非寻常可比，每天不知道要面对多少不如意。让自己淡定，历练出强大的内心承受力，才是制胜的唯一出路。对此我有两点具体的体会。

第一，学会放下。凡是名利、金钱、美丽、帅气和我们这样的病人已经毫无瓜葛，你可以偶尔留恋，但失去也不必纠结，活着才是最重要的，其他都是浮云。如果和你缘分已尽，那就学会放手，学会放下，只珍惜可以把握的东西。对于别人的误解和嘲笑，最好的应对办法就是还以微笑。有些误解是可以通过提前沟通或事后总结而避免或化解的，而有些人为的伤害只有靠你的信心和底气来抵御。我经常在受到极大委屈的时候，默默告诫自己："只要活着，就还有机会证明自己。今天我所遭遇和承受的，未来终将成为成功的积淀。"想想未来，胸怀大志，就自然不会把小人小事放在心上。

第二，遇事沉着冷静。一个智慧且善于总结失败的渐冻人，可以少受很多冤枉的苦难。比如，所有患者都有过摔倒或求助无人的经历，那么当厄运发生时，你是怨恨自己倒霉得了这个病，还是赶紧想应对解决的办法？有些人摔倒了会沉湎在抱怨中久久不能自拔，而有些人会既来之则安之，好好总结原因，避免再犯，待伤养好重新起航。因此不要把过多的精力或情感浪费在发泄情绪上，而是冷静下来，想想解决办法。事实证明，智慧是可以应付很多突发事件的，埋怨或沉浸在阴影里，只会让自己越陷越深。

再说说忘却。要说所经受的苦和难，渐冻人是健康人的几百倍。如果不能学会忘记曾经遭遇的一切，那你的生活就会像一团乱麻。对于苦痛，除了移情这个方法之外，最好的办法就是忘却。即使昨天有天大的委屈，面对明天依然要满怀希望。即使厄运频频向你袭来，也依然要坚信总有一天会好起来。只有不断清空负能量，才能保证良好的饮食和睡眠。不断忘记过去的痛苦，才能使自己轻装上阵，继续前行。

武器三——正视自己，接受自己

　　面对绝症，只能选择直面自己、接受自己。如果完全活在对现实的自怨自艾中，你也许一天都不想继续。面对日趋衰退的身体，你会不想出门，因为怕遇见曾经熟悉的朋友和左邻右舍。更不敢去人多热闹的地方，因为你怕别人投来异样的眼光。不敢在公共场合开口，因为你怕口齿不清的话音未落就把别人吓跑。甚至连病情都不敢公开，因为你怕成为一个尽人皆知的悲惨故事的主角……从此，曾经的美女开始蓬头垢面，曾经的帅哥日趋消沉，你对曾经追求的一切美好事物都丧失了兴趣，因为你认为自己力不从心。

　　没错，这些我都经历过，幸运的是有一天我突破了这道心理障碍，战胜了自己。为了壮大"冰语阁",我不顾家人的反对,向所有人公开了我的病情,把渐冻症患者看成我新的名片,把帮助渐冻人当成新的事业。我即使口齿不清、举步维艰,每次出门前我依然把自己收拾得漂漂亮亮,能成为"渐冻人里的美女"也不错啊。即使走到哪里都会被别人投来异样的眼光,我依然坚持参加聚会,热衷逛街和美食。如今电话来了,我用短信告诉对方我是"哑巴",只能微信交流。出门在外主动亮出残疾证,大大方方告诉对方我是残疾人,希望对方能多关照。疾病的确剥夺了我身体自由的权利,但夺不走我对美好生活的渴望。

只要我们还有梦想和追求,就应该分享到健康人的世界。只有放下所谓的面子、自尊、自我怀疑以及防备的心,你才不会被社会和健康人拒之门外,你才能在渐冻的身体里独享一份心灵的自由。做到了不在意世俗的眼光和评价，你才算真正走出疾病的阴影，活出鲜活的自己。那才是真正的自尊。

就拿我来说吧，曾经有着舞蹈演员的身材和气质，走到哪里都曾引人注目，疾病带给我的巨大反差可想而知。最初我也怕被熟人笑话，怕听到背后无数人的议论和指点，我甚至想象过别人可能会这样说："谁让她曾经那么完美、那么顺利、那么努力，现在老天都嫉妒了，所以，人不能太要强太优秀。"但是怕有什么用呢？它只能让我闷在家里，默默哭泣。现在，我有时会把自己当成一个"傻子"，在众人面前"傻笑"，"理所当然"（迫不得已）地流哈喇子。坐在轮椅上，我就想，不用走路就可以看风景也挺舒服。情绪不好时，就干脆歇斯底里地大喊大叫、大哭大闹一番。更多的时候，我会把自己当成一个"大人物"，出门要精心打扮，美衣美鞋美妆，首饰香水发型一样都不能少，虽然麻烦，却自得其乐。每每穿梭在各大商场、饭店、电影院和超市，我依然是吸引眼球的一道风景。旁人不自觉地会对轮椅上不能说、不能动，却依然洋溢着自信微笑的美女多看几眼。不论是同情还是赞美，只要被关注，就是高兴的事。

那年十一假期，当我以特殊的方式穿梭在人群中时，一个女孩道出了我的心声："妈妈你看，十一放假连残疾阿姨都按捺不住想出来玩玩的心情。"

武器四——关注身体

当大多数患者都在关注"解冻"药时，我却更关注如何把不可逆转的日子在精神上过得快乐和充实些。一方面，觉得解冻药是科学家和老天的事，我管了也无济于事；另一方面，按照上海人的俗语说，"王"死亡了，反正没得救，不如自我拯救，当个敲钟和尚，快乐一天算一天，也许糊涂一点比干熬日子要强。但是我们毕竟是病人，身体也的确是要关注的。依我几年的经验，对身体的关注可以从以下几方面入手。

1. 坚持规律作息。各人病因不同，症状不同，所以在了解病情大体注意事项以外，要了解自己、善于总结自己，给自己制订一个益于身心的作息表，并持之以恒地坚持下去。

2. 营养合理。食谱科学合理，富有营养且高质量的食物是维系生命的基础。

3. 睡眠充足。渐冻症患者多数会被睡眠不好所困扰。我的体会是首先要放下思想包袱，其次是想尽一切催眠办法，最后才是适当用药。很多人惧怕使用安眠药，担心有依赖性、副作用，但是我更认可朋友曾经劝我的一句话——比起安眠药的副作用，整夜睡不好的危害性更大。

4.坚持学习、工作。人们对渐冻人有一个刻板印象，就是他们是丧失了劳动和学习能力的残疾人，很多渐冻人自己也这么认为。实际上，渐冻人的思维能力是健全的，依旧可以看、可以听、可以感受、可以思考。如果吃、睡、玩成为生活的全部，那百般无聊的生活并不利于患者的病情。王甲用眼控仪出版了两本书，发行了数张设计海报；霍金在囚禁近五十年的身体里为人类科学进步做出了巨大的贡献；上海蒲公英渐冻症患者发起人用眼控仪书写几十万字的申请书，为大家争取到了90多万元的国家资助基金。这些事无一不证明，只要有信念、毅力，渐冻人同样可以拥有自己的事业，同样可以学习，与时俱进。

5. 坚持锻炼。根据身体情况和家庭条件，制订一套适合自己的锻炼计划，并常年坚持。早期病人可以每天适度活动全身各个关节和肌肉；中晚期病人可以依靠家人辅助，在床上做一些抻拉和活动关节的运动。切记两点：不宜过度劳累，要学会循序渐进；持之以恒，锻炼一旦暂停，再想恢复难上加难。

6. 娱乐自己。给自己找一个纯粹出于兴趣，且可以完全投入的事情。在这件事上没有评判标准，可以是看书学习，也可以是麻将、追剧，我们唯一追求的就是喜欢和开心，让这颗被病魔折磨的心有一个暂时可以逃避和释放的港湾。

我们的身体一天天退化，但精神可以不断成长。我们应该把自己活成一束光，因为当你成为光时，谁都愿意靠近你。多接收正能量，回避负能量。宇宙万物，很多现象是科学和医学无法解释、解决的，多和正能量的人或事物接触，不只有益心灵，也有益身体。

唠叨这么多，不是倡导渐冻人都去努力成为霍金或王甲，而是希望每一个渐冻人都能活得精彩。如果"解药"还要等待五年至十年才能上市，该用何种心态和姿态度过每一天，这是值得我们每个渐冻人思考和探讨的。任何荣誉、财富都是浮云，只有活着才是硬道理，才是唯一的希望。与其苦熬，不如善待自己，与其埋怨，不如挑战。父母、老师都没有教过我们如何面对生老病死、如何面对人生绝境，那就让ALS给我们上这生动的一课吧。

乘车记

我已经说不了话了,趁着现在手还能动就多写点吧。希望可以传递正能量,让更多的人看到。

患ALS久了,对因说话障碍而遭遇到的种种尴尬,早已习以为常了。讲真的,没点儿自嘲和厚脸皮的精神,不用等病魔来虐,早就被自己那点儿小自尊给整死了。

某个周二上午,我去医院做针灸治疗,在小区门口打了一辆趴活儿的出租车。司机50多岁,光头,一口韵味十足的京腔。他见我去的地方也就是个起步价,就流露出不情不愿的意思,再一听我含糊不清的话语,直接摆出了一副很嫌弃的样子。我心想,又不是不给钱，至于吗？不过鉴于牙不伶、齿不利，我还是表现出了应有的修养，忍住不去计较眼前的这一切。我们在近乎凝固的空气中上了路。

车开到半程的时候，意外发生了。也许是因为车内冷气的缘故吧，我的鼻腔在极短的时间里酝酿了一次喷发。我来不及采取任何措施，更别提阻止这一次喷发，我只是本能地想避开司机，向右偏了偏。再加上ALS使得我对口腔肌肉的掌控力大大下降，口水也常常溢出嘴角。于是，伴随着一声巨响，鼻腔中的飞沫、无法控制的口水，悉数喷在了我右侧的车窗上。司机吓了一跳，一时也没敢吱声，瞟过来的眼神，交织着怨愤与惊恐。第一次遇到这种情况，我也蒙了：葛敏啊葛敏，怎么看也还是个美女呀，怎么做出这么跌份儿的事儿来。

一念而过，我本能地从包里掏出一张手纸，把喷车窗玻璃上的唾沫星子擦干净，接着又下意识地拿着擦完窗户的纸巾抹了抹嘴角边的口水。

随后的一切戏剧化地转变了……先是我不由自主地嘲笑起自己，随后司机也跟着发自内心地哈哈大笑起来。之前近乎凝固的空气，一下子轻松下来。

我和司机止不住一路笑到终点，中间夹杂着他只言片语的问话，颇有些宽慰人的意思："姑娘，你哪儿人呀？""姑娘长得这么好看，肯定有不少小伙子追吧？""姑娘医保卡上的照片真的很美"……

整个行程不到20分钟，我却明白了很多——只要你放下矜持，别人也就不会老端着。作为渐冻人，我需要的是真正的自尊，需要的是说"对不起""我可以"的勇气。

我明白了，肌肉会被渐渐冻住，但心不会。只要心里装着别人，敢于担当，心就不会被冻住。一颗释然的、活泼的心，甚至可以融化别人心中的坚冰。

祝贺自己，不再害怕有一天会变丑。因为我知道，我的心可以越来越美，我的心始终不会被冻住……

人在囧途

看到两个大小伙子费劲儿抬我的样子，我控制不住一直在笑，有种看好戏的心理，结果被一个托头的帅小伙"训斥"道："你还笑，我们托你都累死了。"他哪里知道，我是被疼痛折磨得控制不住哭笑呀。

人在商场囧态

爱美之心人皆有之，为了给喜爱的靴裤配上合适的皮鞋，我还是"铤而走险"来到文峰大世界。本美女当年每周最放松的两件事：一件是打扫卫生，另一件就是逛街。逛街专挑大品牌换季打折时，瞄准时机，将心仪的型鞋亮衣，一一收入囊中。可如今……

我来到一楼化妆品专柜，或遭冷眼，或逢微笑，也见到了别人掩饰不住的惊讶与同情，就是没有一个店员招呼我。想当年，售货员待咱可是如亲姊妹一般：拉着你坐下，眨眼摆出一溜儿化妆品，一会儿手背上涂涂，一会儿眼角儿上抹抹，捧个镜子左照右照……我忽然悟到：当你能够用化妆品撑门面的时候，其实你并不需要它来撑；而当你需要化妆品来撑一下门面的时候，其实它根本撑不起你的门面。

接着，我好不容易爬到二楼，来到向往已久的某品牌鞋专柜。服务员居然直接好心劝告我："你连路都走不稳，还是别考虑皮鞋了，去买运动鞋穿好了，先考虑好走路吧。"说得我只得很无奈地放下了平底皮鞋。本想再看看令我心潮澎湃的衣裙，可已经明显感觉自己头晕眼花体力不支，看来只能就近找个地儿，歇息歇息，吃点儿东西了。

好在，二楼的满记甜点也是我的最爱。吃相已不是那个吃相，但味道还是那个味道，我且享用这幸福的滋味，哪管吃相……

"咳！"

一个毫无征兆、毫无阻拦的咳嗽爆发出来。了解我的你，恐怕已经猜到结果了，甜点喷得满脸（幸好没喷别人脸上），周围"吃瓜群众"立刻用异样的眼神聚焦于我。结账离开座位时，我感觉自己已经与甜品店的唯美氛围不太协调了。

由于没法独自上厕所，小腹已经发出压力警报，只得就此告别。离开商场时，看着那些曾经的最爱，都已和自己难续前缘，心里不禁感慨道：美女啊美女，现在就听上帝的安排吧，你的后半生只能老老实实待在家里潜心读书"念经"了。

幸耶？不幸耶？

年三十的120

这是我生平第一次坐120救护车回家，还在2017年的大年三十。

救护车没有医生，没有报警器响声，只有俩帅哥护驾，其中一帅哥在车上一边和女朋友发着节日慰问，一边用柔和的目光看着我，然后很无奈地递上一张纸巾说："美女擦擦眼泪，快到了！"接着更戏剧的一幕发生了，我家住六楼，没有电梯，楼道狭窄，只有一个软布托我。结果上到二楼，其中给我递纸巾的家伙"狰狞"着脸部表情说："这姑娘还挺沉！"我赶紧痛苦地回复他："你给我注意点，我的脖子还在外面，颈椎快坚持不住了。"于是两个人赶紧抖了抖布托，就像抖什么物件儿一样，把我的脖子抖回了布托，总算让我的颈椎舒服了些。

　　印象深刻的是整个爬楼过程中，看到两个大小伙子抬我费劲儿的样子，我控制不住一直在笑，有种看好戏的心理，结果被一个托头的帅小伙"训斥"道："你还笑，我们托你都累死了。"他哪里知道，我是被疼痛折磨得控制不住哭笑呀。最后好不容易爬到家门口，像甩猪肉一样我被扔到床上……

　　美好的年三十彻底被意外重新塑造了，一生难忘。看着自己的大饼脸（肿胀），我倍感踏实，现在连唯一值钱的脸也被糟蹋了。2017年，该还的我都还了，姑娘啥也没有了，还怕啥？！

爬楼记

如果恐惧只能让自己越来越受伤，那还不如直面它、接受它，用挑战它的勇气把恐惧看轻、看淡。在允许自己害怕、允许自己失败的心态下，一次次尝试着越过心里那道坎儿。

爬楼是我在渐冻症发病五年期间坚持的运动之一。起初我纯粹为了出门图个方便罢了，万一碰上个台阶，不必求助路人帮忙。可是坚持时间一久，我竟迷恋上了这项运动。爬楼除了可以满足我的好胜心以外，还能让我悟到人生浓缩的深刻。我喜欢它带来的无论是心理还是生理上的刺激和挑战，也喜欢那种逆流而上的冒险。先开始是两步并一步爬一个台阶，到后来发展到左脚先上个台阶，右脚得靠腰的力量拖上去，后腰靠在扶手上，前面两只手还得让护理阿姨抓着，这才能勉勉强强上一级台阶。如今我已经戴上了颈托和腰托，但还是要坚持在护理人员的帮助下爬楼梯，活脱脱一个跟自己过不去的"变态"残疾人。

  我总觉得，整个爬楼过程如同我正在面对的突如其来的渐冻症一般。从迈上第一个台阶开始，就意味着你踏上了没有选择、不知结果的道路。没有椅子可以暂时休息，没有电梯可以作为退路，没有力气屈膝原地坐下歇歇，你只有一个一路陪你同行的护理阿姨。可惜她也只是个弱女子，只能帮助你平衡，不能义无反顾地背起你，随时结束这趟对你来说难度系数巨大的行程。你只能不断调整心态，鼓足勇气，坚持移动着早已不听使唤的双手双脚。

无论是夏天汗流浃背、蚊虫叮咬，还是冬天肌肉僵硬、寒冷刺骨，都不能有丝毫精神松懈与怠慢。因为只有竭尽全力、全神贯注才能顺利挪动步子，不至于让自己被困在楼梯中间。于是，爬着爬着，自己的承受力和定力也有了异乎寻常的增长。无数次家人的劝阻，无数次因失败而产生的胆怯和怀疑，无数次路人的同情与质疑，无数次因爬楼造成的伤痛，都没有抵过一个来自内心深处的、强烈的求生信念。

因为新房装修，我暂时搬进了没有电梯的老房子住几个月。往常护理阿姨跟着我爬到六楼，尽管堪比龟速，但也总能挣扎到楼顶。然而正式搬家那天，我却仿佛遇上了"鬼上身"。去的路上，我心里就莫名其妙开始怀疑和紧张起来，心想如果爬不上去，收拾半天东西，岂不是还要打道回府让人笑话？越是这么暗示自己，越是紧张。人还在轮椅上，肌张力就不断升高，真可谓是心灵牵动着全身肌肉与神经，一动俱动。果然，我准备迈上台阶第一步的时候，发现身体不对劲了。往常最有力的左脚突然像被冻住了，怎么也抬不上去。好不容易踩上台阶，身体重心却死活移不到左脚，于是无力的右脚被身体重心压得根本拖不上去。护工阿姨见我第一个台阶就如此费力，好心劝说："今天就算了吧，要不上了几层下不来可就麻烦了。"碍于面子，我执意想再试试，说不定爬着爬着紧张劲儿过去了，也就好了呢。护工阿姨见我决意要上，只能随我心意，一边鼓励我不要紧张，一定可以爬上去，一边用她的身体和腿在后面替我使劲搬动着我那不听使唤的双腿。大概艰难地上了三四个台阶，我突然意识到今天不同以往，不能凭借一腔热情硬拼。理性让我果断地放弃了执着的念头,听取了护工的建议开始下台阶,灰溜溜撤退了。第二天继续攻克难题,结果却是同样的窘状再次出现。撤至小区大门口时,恰巧遇到好心邻居,他问明情况后,二话不说就要背我上楼。这位邻居已经70多岁,两鬓花白,我实在不能答应他这样做。后来,护理阿姨和邻居商量,用轮椅半拉半抬地把我弄到了六楼。

可是,两次爬楼失败的经历却在我的心中留下深深的阴影。怎么上周我还能自己爬到六楼,今天突然就不行了?难道我的双腿一夜之间彻底废了?难道此生我再也无缘爬楼梯了?越想越打寒战,越想心理负担越重。我不想放弃,然而一到楼梯口,腿部肌肉就不听使唤、发硬发僵,根本迈不出步子。越迈不出步心里越着急,越着急腿部肌肉张力就越高,成了一种恶性循环。连陪同的护工都说:"你上周打扫卫生还能爬六楼，这明显是心理问题。"于是我拿出练舞蹈的经验，怕啥就练啥。我像练舞蹈动作一样，对每个动作进行分解练习，开始每天练习爬楼，从半层楼梯开始，每天根据自己肌肉状况逐步增加楼梯层数，很快有了半层楼成功的底气，心理恐惧被逐步战胜。有一次在练习中，恐惧感又再次浮现，我不断提醒自己必须跨越这道坎，不断提示自己要先放松心情才能启动肌肉，豁出去了，看它能奈我何！5月的天还没有那么热，汗水顺着脸颊流到眼睛里，睁都睁不开，整件上衣都浸湿了。一层层台阶被征服，士气也越来越高，不知不觉，我被自己感动得眼泪湿润了眼睛，模糊了视线，喜悦和自豪感充溢全身。

从治疗的角度看，这种鲁莽冲动的行为毫无意义，但从内心的成长来看，这样一次战胜自我的经历，对我来说却是刻骨铭心且意义非凡的。

相信人这一辈子难免有难以克服的心理阴影。就拿我来说，除了爬楼，我还恐惧过呼吸机，恐惧过一个人躺在床上无法摁响呼叫器，恐惧过也许会终日卧床的未来……

这些事情或多或少都曾经在记忆中留下特别痛苦的回忆，然而，我依然不得不每天面对它们。如果恐惧只能让自己越来越受伤，那还不如直面它、接受它，用挑战它的勇气把恐惧看轻、看淡，在允许自己害怕、允许自己失败的心态下，一次次尝试着越过心里那道坎。当对所有的痛苦、恐惧都习以为常时，你就成为战胜恐惧、超越自我的胜利者。

这或许是我坚持爬楼梯的最大收获吧。

人到四十

在简单的生活中,找到属于自己的桃花源。

坚信你挺过的风雨、熬过的寒冬,终有一天会变成光,照亮你前行的路。

2021年12月,我度过了40周岁生日。

子曰:四十不惑。我自知距离所谓"不惑"还差得很远,但因为渐冻症的缘故,我可能比同龄人遭遇或承受得多一些,也就逼着自己学会放下,也尝试让自己达观一些。

得病前的20多年,为了出人头地,我竭尽全力地争取那些当时在我看来无比重要的东西,为此,我牺牲了本可以用以休息、娱乐、旅游、恋爱的美好时光。渐冻症把我多年争取的一切悉数地收走了，封存了起来。

如果你问我早知这样的结局，当初还会这么玩命吗？我会毫不犹豫回答：会的。至少我曾经拥有过内心无比充实的二十多年。尽管渐冻症收走了我努力争取的一切，但也让我明白什么才是病魔拿不走的——那种无怨无悔的追求中所获得的勇气、坚韧，那流过汗、流过血所收获的幸福。我到现在还能做点事情，还能努力提升，离不开奋斗过程中铸就的品质。

唯一让我后悔的，大概是过分关注结果，而忽略了太多过程中的体验吧。渐冻症及时敲醒了我，让我在饱尝人间痛苦之后，对人生的真相豁然而悟。如果老天保佑还能再给我一次重新开始的机会，我会感谢渐冻症，因为坚信未来我可以超越一切世间表象，真正做到内心安宁与喜悦。

我曾经以为，事业于我是最重要的，结果一场渐冻症不仅让我丧失了工作和舞蹈的能力，成了一名全身瘫痪、需要他人24小时照顾的重度残疾人。作为舞者我失去了肢体的能动性，作为教师我失去了语言讲解的授业解惑性，这种毁灭性的打击一度让我绝望至极。从6岁开始，整整24年里，为了塑造从事舞蹈专业的身体，我付出了常人难以想象的艰辛。三十四五岁，正处于事业发展的黄金阶段，我却被突然宣布，即将退出舞台，失去工作能力。在得病初期，每每想起这些我都彻夜难眠，恐惧几乎要使我窒息。我失去了奋斗得来的所有东西，也不知道可以凭什么、该如何重新出发。从得病到现在，不知不觉已经熬过了6年的光阴。6年的历练让我确信人世间没有什么是不可以丢下的，一切自以为重要而苦苦执着追寻的，只不过是一些世间假象而已，即使能给你带来快乐也很短暂。连恐惧也是假象，当你认清它时，就会发现它只不过是你被疾患打破生活习惯后的无所适从。

6年的历练，也让我确信，当上帝给你关上一扇门时真的会打开一扇窗。当然，前提是你不能在痛苦中坐以待毙，要把有限的精力和时间去做还能做的事情。如果不是被夺去了我所钟爱的舞台，我想我也不会走上罕见病的公益道路，并在这条路上做出了意想不到的成绩，用另一种方式来诠释新的人生意义。6年的历练更使我坚信，开启一段新的人生，也许并不需要那么多外在的依仗。在"没手没脚"、无法言语、举步维艰的日子里，唯一可以用到的只剩下大脑。如何用好这个"武器"使自己依旧精彩活下去，所需的不仅仅是毅力和勇气，更需要的是智慧。如今我再次回到了人生新的起点重新出发，不免有些不一样的轻松感，没有了昔日的执念，没有了对结果的假定，没有了对自我完美的苛求，坚信一切都是老天最好的安排。既然已经失去，最坏也不过如此，人生从此反而变得淡定从容，安宁知足。

曾经，我以为家庭和孩子对女人至关重要。一场疾病迫使我不得不放弃曾经引以为豪的两样东西，尤其是没有陪伴孩子成长，至今都是这一生最大的遗憾。很多人都会质疑我当初的决定，今天看来这个决定于我而言有得也有失。人生总要面对取舍，当初在面临人生这么大的变故时，我已经完全迷失了自我，不能有一个正常的情绪来与家人相处，与其让家人深陷我的困境，不如远远离开，遥祝安好。我以为只有成为最好的自己，才能把幸福和正能量带给别人。也许我失去了陪伴过程的精彩，却留给了家人美好的回忆。

现在我已逐渐习惯并享受孤独奋战的生活，好似又回到了学生年代，没有了妻子和母亲这两个身份，不禁觉得身上释放了很多无形的压力。既然身体已经不允许我为这两个角色承担什么，至少不要给家人带来更大的负担，让他们能轻松前行是我最大心愿。如今我们在各自的生活轨道为自己的目标而奋斗着，在精神上互相扶持，这便是适合我的最好现状。无论我与丈夫、孩子有多深的感情，我和他们终究有分离的一天。一切随缘就好，换一种彼此相处的方式也是为了保全更多。

人的一生充满了太多的无法预料与不确定性，每个阶段也有不同的使命与职责，我们唯独能做的就是，做好一切，而不贪恋一切，正如《金刚经》里所说的"应无所住而生其心"。

曾经，年轻的我因为自我要求完美，想要的东西太多，把握不了人生的大局，在生活琐碎的小事上消耗了太多精力，结果失去了健康，丢掉了立命之本。如今人到中年，遭遇渐冻症这个世界上最残忍的疾病，不得不对未来的人生进行思考，只为在最黑暗的日子里给自己找到一个精神上可以坚持活下去的理由。6年病程的磨炼让我发现，学会放下自我不能掌控的事情，反而会使自己活得更加轻松愉悦。放下对金钱物质的贪恋和攀比，人生从此有了淡定的闲暇之乐。放下对不现实的人或事的妄想，不争不抢，一切随缘而行，反而会有意外的收获。事实上，所有的得到都是以放弃为代价的。

当下的我，最想做的只有一件事，便是集中所有的精力努力活好自己。排除周围人对绝症患者的陈旧观点和异样眼光，在有限的生命里大胆去尝试新事物，努力让自己活成一个内心丰盈的强者。

喜欢这样一句话，"屋里的小灯熄灭了，但我不畏惧黑暗,因为,总有群星在天上"。人这一生,无论你愿不愿意、接不接受,都会经历许多波折。在生活的重压下,拥有一颗丰盈的心,才是抚慰生活、接纳不幸的唯一底气。一个内心丰盈的人,纵使在最平凡、最艰苦的生活里,也能寻觅到想要的幸福。

40岁的我没有身体自由行动的能力,没有语言交流沟通的能力,看上去有着严重的残缺。可正是这样的残缺,使我挖掘出一个有别于过去且更加完美与完整的自己。今天我所重新理解的完美,恰恰是不完美的缺憾之美吧。

新的一年,愿你我都能用自己喜欢的方式,全力以赴地过,云淡风轻地活。逐渐剥离一切身外之物,在简单的生活中,找到属于自己的桃花源。坚信你我挺过的风雨、熬过的寒冬,终有一天会变成光,照亮你我前行的路。

SPA 那点事儿

我追求，我来过，我活过，我精彩过。女人的一切靠自己！

2021年，得渐冻症四年的时候，还有心情天天琢磨吃喝玩乐的，估计就只有我这种"没心没肺"的人了。也许是因为得病前对自己太苛刻，吃的苦多；也许是因为知道自己的好日子不多了，得病后的我反而活成了"享乐派"。

最近突然对女性SPA起了兴趣，很快我的哥们儿就帮我联系了一家全国连锁的高档美容店。美容店装修非常豪华，可惜SPA在二楼，于是阿姨和服务员连拉带拖地把我"运"到了SPA间。

在艰难爬楼过程中,我就在心里笑自己:"人家都是打扮得漂漂亮亮的富太太来这种场所消费,我一个绝症患者加残疾人来凑个什么热闹!人和环境实在是不协调啊!"

也许那天美容部正好没什么顾客,也许是服务员想多挣点,也许是我进门提到为我预约的朋友吴总,竟然一下来了四位美女为我服务。于是我的双手和双脚就被四个人一人一个承包了。由于我是第一次做SPA,又是四个女人同时服务,加上我趴在按摩床上,背对大家,连个声音也发不出,出于本能,我的身体变得很紧张,一点儿也享受不到SPA的舒适感。

倒是四位美女特别开心!她们边像揉面似的给我按着四肢,一边拿我这个"土老帽"寻起了开心。

"姑娘,今天你可是慈禧太后的待遇啊!"

"伺候你的有四个,加你的阿姨,一共有五个人,爽不爽呢?"

……

我被眼前的搞笑场面逗乐了,傻笑个不停。

好不容易翻身仰卧,可以享受一下了,谁知三个女人一台戏,四个女人就直接逗翻了天。我渐渐感觉自己好像不是来SPA的,而是来听四个女人唱戏的。我已经不是顾客"上帝"了,而是她们八卦解闷的对象!

一位女服务员夸我身材好,羡慕我有她梦寐以求的长手长脚和长脖子;一个夸我皮肤好,快四十岁了,皮肤依然紧绷没皱纹;一个夸我手上戴的卡地亚手镯老值钱了;一个在猜测我和吴总是什么特殊关系。总之,在一种完全预想不到的荒诞中,我结束了此次体验活动。

出门后，阿姨问我今天怎么这么开心，一直笑个不停。

我说，其实吴总是谁我根本不知道。其实我的手镯是小店一百元买的，也同样戴了四五年。其实我的身材再好，现在也是废物一堆了。假如我不得病，可能没有机会去体验SPA！假如我不得病，可能永远不会想抓紧时间去干曾经没干过的事情。可能不经历磨难，我永远都看不透女人的那点事。

SPA的体验特别开心！我既是戏中人，也是戏外人。

我追求，我来过，我活过，我精彩过。女人的一切靠自己！

我与安眠药的爱恨情仇
（本篇情节纯属虚构，切勿模仿）

心里安全踏实了，再大的困难总能熬过去。

认识并接触安眠药，是从2008年母亲第一次确诊抑郁症开始的。当时作为家属和陪护者，我们被这个噩梦般的疾病折磨得四处求医，心力交瘁。在整个治疗过程中，我担任了陪同和照顾母亲吃、喝、拉、睡、聊的艰巨任务，其中包括每天监督她服药。于是，我了解了可以帮助患者快速进入睡眠的多种安眠药，如阿普唑仑、地西泮片、思诺思、奥氮平、佐匹克隆等。也看到这些药物服用后，患者第二天醒来会出现浑身无力、口干、头晕等副作用。

尽管安眠药这个词听上去多少是一个令人心悸的名字，可它确实减轻了患者和陪护者通宵不能入眠的痛苦。于是每次母亲发病时，安眠药就成了我们双方唯一可以放松片刻的救命稻草。

第二次接触安眠药是在发现自己言语不清时。当时，冥冥之中感觉自己要摊上大事了，我整夜无法入睡。后来发展到由于精神压力过大，白天会因为过度紧张全身不由自主地发抖，晚上睡前就恐惧，不得不去医院精神科就诊。好似老天跟我开了一个玩笑，多年前因为母亲患病熟悉的精神科药物又重新用在自己身上。先是一般的安定类药片只能保证我入睡一两个小时，后来服用比安定类厉害一点的安眠药也只能维持三四个小时，情急之下便换成了"杀伤力"更强的安眠药，确实是服药后人瞬间没有意识，一觉到天亮，但整个白天醒来的时间，始终伴有头晕眼花、口干舌燥的明显副作用。回忆起那段时间，一到睡觉就发愁，手握多种安眠药，不知如何是好。最后想出了一个白天没有明显副作用，晚上又不至于大眼盯着天花板翻来覆去辗转难眠的办法，两种安眠药按照不同醒来的时间段进行组合服用。为了服药后快速入睡，不至于胡思乱想错过了最佳药性，我养成了睡觉必开手机听书的习惯，为了缓解睡前恐惧的心理，还会整夜在床边播放助眠音乐，用书和音乐陪伴我度过确诊前最无助的时光。

那时，安眠药是唯一可以让我逃避残酷现实的法宝。多少次我都无比希望服药后永远别醒来，就这样悄无声息地离开人间。然而，看着年幼的孩子、年迈的父母，我知道自己必须也只能挺过去，别无选择。无数难熬的夜晚只有安眠药能"营救"我片刻,醒来便是噩梦。

如今是我被渐冻症困扰的第七个年头。尽管我不再恐惧疾病,也慢慢适应了这种被禁锢的生活,但安眠药依然是我生活里必不可少的精神依靠。当我因失眠坐立不安,恐惧心理再次重现时,我第一时间就是用安眠药来缓解紧张的情绪;当我因为情绪波动或气温突变而腿部肌肉僵硬、不停颤抖时,我第一时间想到的就是用安眠药平息全身不适感;当我遇事不顺意,情绪极为失控,狂躁需要发泄时,我第一时间想到的就是用安眠药来迫使自己昏睡,逃避现实的困境。尽管有无数人告诫我长期服用安眠药有副作用、有依赖性,而我却全然不顾这些,坚持要服用。也许是得病前期每分每秒熬过的苦日子太让我刻骨铭心,也许是旁人无法体会到一个人在遭受巨大变故时精神崩溃的那种无助。总之比起安眠药那些微不足道的副作用，我再也不想重温那段痛不欲生的日子了。我承认，在渐冻症面前，我并没有外界评价的那么坚强和伟大，我也有一碰即碎、极度软弱的一面，只不过我更愿意把这份脆弱留给自己和家人，而把乐观向上的正能量分享给大家。谁在这世上不曾遭遇挫折和磨难？谁又不会经历难熬的时光？

病友陌尘生前有一天在微信中向我流露，只有睡着时才有机会做做美梦，活得像个人样。作为战友，我是深有感触的。可能这也是我特别钟爱安眠药的原因之一吧。如果你要问我得病之后每天最幸福的事情是什么，那便是睡着了完全感受不到疾病带来的痛苦。我会经常梦见自己有一天康复了，带着儿子在公园里快乐地嬉戏，实现了与孩子梦寐已久的拥抱与亲吻。我会梦见自己有一天重返舞台了，又能再次像往日一样从事我热爱的舞蹈事业。我还在梦里与曾经那个健康的、什么都难不倒、内心无比自信的自我相遇了。在梦里我多么渴望自己能像《逍遥游》里名叫鲲的一条大鱼，瞬间变成一只鸟，怒而振翅高飞，逃脱现实生活中所有看到和看不到的禁锢。

当然我并不是来鼓励大家都去服用药物。即便是我自己，也并非天天服用，而是在感觉理性思维已经完全控制不住自己时才不得不去服用，且药量控制在一天半片到一片的最小剂量。我更希望所有的病友都能远离此药，因为安眠药是极其容易导致原本就呼吸不好的渐冻症患者夜间睡眠呼吸骤停，影响呼吸质量，所以一定要在医生的指导下，谨慎服用此药。

我对安眠药的依赖性就像很多人喜欢借酒消愁、

借烟麻痹自己一样，有些上瘾。尽管内心十分清楚这些道理，然而在我抓狂失控时，安眠药的负面影响根本不算什么，那一刻满脑子只有一个念头，不管什么方法，只要自己好受点就够了！长久来看，为了活下去，为了让自己能坚持得更久，安眠药已经成了我的避风港湾。

一位长者曾经告诉我，人都是有多面性的。即使得病前的你再强大，如今也应该学会适度示弱，让更多的人一起帮你渡过难关。什么都一个人来硬扛，未必会有好的结果。也许在此用安眠药举例并不适合，然而我透过安眠药对自身的心理安慰，看到了这样一个现象，即所有人此生都会遇到心理特别脆弱与无助的一段黑暗时光，如果他身边的家人或朋友能够温声细语，站在患者的处境，持久耐心地进行心理疏导和沟通，那对于言语无法表达的患者来说，不等于像吃了安眠药一样找到了心里的安全感吗？心里安全踏实了，再大的困难总能熬过去。

人需要梦想，人也需要在梦幻般的世界里找到一点精神的慰藉，以便当梦醒来继续负重前行。

愿所有与我同病相怜的患者朋友，在现实中也能找到一片属于自己的逍遥世界！

当人生陷于困境时，不妨读书吧

读书让我们变得更加勇敢、自信，也更加坦然。书帮我们看到了厄运之外新的风景，也让我们收获价值相伴的人生。

公众号"冰语阁"的一位女性病友添加了我的微信。

她患病后遭到了爱人的遗弃，情绪非常沮丧、低落。从她身上，我似乎看到了确诊后颓废了一年的自己。尽管我非常努力地分享我面对疾患的心得，面对窘境如何超越的心路历程，但她好像什么也听不进去，始终被困在自己的世界里。

细想当初自己，又何尝会因为朋友的几句好言相劝就心开意解呢。无奈之下,我给她回复了几个字:困境时不妨读书吧。

读书和不读书的确带来了不一样的人生风景。2016年一场疾病,使我再也无法穿上精致的高跟鞋,再也没有兴趣套上各式华丽的服装,再也没有机会戴上曾经迷恋的首饰。在这种被逼无奈的情境下,我选择了去读书。读着读着发现,读书可以消除疾病带给我内心的不安和恐惧;读书可以让我每天吸收全新的养分,不至于厌恶和重复原来的自己;读书正在潜移默化地改变着我的世界观、人生观以及思维方式;读书更让我在一切厄运面前,有了足够抬起头生活的底气与勇气。书中的力量毫无保留地伴你一生。在书中,你会遇知音;在书中,你会感受伟大;在书中,你也会看尽浓缩的欢笑与悲伤。

上海新书发布会时,我有幸认识了一家公司的

COO郭女士。离开上海时,她送我上飞机。一路上,我们聊了很多。她和我有相同的经历,小时候练舞蹈,文化课被耽误了;工作后,由于文化水平低,也很难胜任职位相对高一些的岗位。面对这种境况,她逼迫自己读书。虽然我是第一次听说COO这个称呼,但依然在第一眼华丽的服装和贵妇的气质中感觉到,她不是一般的女人。

我们聊到她读过的书:《人间失格》让她尝试坦诚面对真实的生活;《这个社会会好吗》唤醒了她的行动力;《自卑与超越》让她超越自卑,将注意力投向社会和他人……

这些书,让她的心胸、视野渐渐开阔,她开始勇敢面对工作生活中的种种挑战。事业与生活因为这些书而改变。

刘岩是我的学姐,作为全国著名的舞蹈家,她是2008年奥运会舞蹈演出中唯一一个A角演员。不幸的是，在奥运前夕的排练中，她摔伤致残。一个拥有百万粉丝的舞者，却不得不面对轮椅人生。而帮她走出人生低谷的也是书。她在出席北京《因为爱，所以坚持》发布会的时候，分享了她在人生低谷中的读书经历。她特别提到《相约星期二》这本书，书中是写一个患了渐冻症的教授，在渐冻症的威逼下，从容生活，从容思考，让人生有意义、让生命有尊严的故事。这样的故事、这样的书让她开始思考人生真正的意义和价值，开始意识到自己的生命仍然大有可为。

确实，书让人有超迈的视角，使人从日常的禁锢中挣脱出来，使人在精神世界自由遨游。

我们的人生终将会走向越来越孤单的岁月，当有了一种阅读习惯时就不会孤单。拿起一本书，就好比邀请一个朋友对话。你可以反对他，你也可以和他产生共鸣；你甚至可以随时拿起另一本书，让第三个人插入你们的对话，你不会真正孤单。因此，阅读从来不是一件功利的事情，而是一种生命方式，是生命中不可或缺的一部分！

读书让我们变得更加勇敢、自信，也更加坦然。书帮我们看到了厄运之外新的风景，书也让我们收获价值相伴的人生。在书中你会发现你所有的困惑都能找到，过来人给你提供了无数种答案。书里究竟有没有"颜如玉"，我不知道，却有所有未来，有我的保护神，这点我是深信不疑的，并且坚信，在每一本书里都蕴藏着未来我希望的自己。

也许你正被疾病所困扰，也许你在感情方面受到打击，也许你的事业遭受过无数次失败。无论怎样，试着去读书吧。人生不管孤寂还是喧哗，有书在永远踏实！

我心自有光明月

我们没有时间和速度,只能像乌龟一样,每天努力达到一个小目标,用铢积寸累的方式或许未来能完成一个自己都难以置信的梦想。

不知不觉又到了元旦。回想起2017年我《寄语2018——遇见更好的自己》一文,为公众号募集了5万元的爱心打赏,从此我便有了"第一桶金",踏上了制造梦想、创造奇迹的旅程。这一年来,我们有了《因为爱所以坚持——中国渐冻人自我书写》这本书的出版,有了《人民日报》对"冰语阁"渐冻人群的报道,有了即将开拍的《渐冻人家庭护理片》。这一年来,我们得到卢新华、杜卫东两位文学界大咖的无私帮助，得到上海游读会与光明日报出版社的支持，得到崔永元、何炅等31位明星、专家对新书的大力推荐……这一年，"冰语阁"走进了更多人的视野，鼓舞并影响了全国各地很多和我一样的渐冻患者。

尽管疾病依然在无情地吞噬着我的健康，身体各项功能已远不如去年。这一年却让我更深刻地认识到生命的意义。这一年我付出的种种努力，也让我的心感到一些安慰——即便明天离去，也不枉我此生了。人生最大的幸福感莫过于你曾经被别人需要，你曾经帮到过别人。佛家有一句话叫作："万般将不去，唯有业随身"。我知道，2018年会有一些善业跟随我。

2019年，我的肉身可能会逐渐被禁锢，但是我的心会更加自由，这也许就是2018年送给我的最好的礼物。我愿与所有"冰语阁"的朋友们分享心的自由，将我2018年点滴的感悟，奉献给2019年的你。

感悟一：再弱微的生命都有发光的机会

平时我特别喜欢听复旦大学教师陈果的讲座。这句"再弱微的生命都有发光的机会"，是她在课上提到的。幸运的是，我一直对自己这个奄奄一息的生命体充满了自信——面对生活中的困难，我总是相信，只要能挺过去就会前途无量——这一次，也一样。我常想，我只是被上帝临时派遣到另一个舞台而已，我怀着破釜沉舟、背水一战的心境和病魔越斗越勇。我甚至想，这不是一次灾难，而是上天要降大任于我啊。我以病躯，在最黑暗的地方，努力发出哪怕是极微弱的一点光。那光虽然微弱，但那是我发出的；更重要的是，我知道它能给周围的人带来一点光亮，带来一点温暖。而生命的全部意义，正在于那一点光亮。

感悟二：心怀善念　天必佑之

小时候跟着妈妈后面经常烧香拜佛，尤其是遇到家中大事，还会专门去庙里祈求佛祖保佑。以为只要心诚，佛祖都会满足我的心愿。2015年我和我母亲相继病倒，似乎佛祖也难以阻挡我们家庭这场毁灭性的灾难，于是求佛也就渐渐被淡化了。我与信仰的缘分却并未终止。东西方信仰的融合，让我对信仰有了新的理解和认识。我希望ALS患者都要有信仰，这种信仰并非找一个求告的对象，而是通过信仰去发现宇宙和人的真相，尝试培养一颗超脱包容的心。当你拥有了超脱包容的心，你便容易从当下的苦痛中脱离出来。你的内心会感到自由，这种内心自由的快乐是其他物质享受无法相提并论的。

我曾经在朋友圈感慨：活到今天从来没有一件事像做"冰语阁"那么顺风顺水，顺利到自己都不敢相信能有今天的成绩，顺利到自己未曾料到能在这个舞台上挥舞得如此多姿多彩。当你的内心充满真、善、美的愿望时，它会以一种强大的力量，凝聚种种因缘，连老天都会为你一路开绿灯。宇宙万物看不到的规则就是如此神奇。只要你坚定自己的善念，即使我们的肉身有一天被无情带走了，灵魂和内心依然是快乐的。

感悟三：学会与苦难和解、共处，努力成为一个有幸福能力的人

人人都有一本难念的经，每个人都有自己的苦和难，或是疾病，或是贫穷，或是纠缠不清的情感，

或是童年挥之不去的阴霾。学会与苦难和解、与苦难共处是我们每一个人都该有的生存之道。

ALS是常人难以想象的苦难，但面对这种苦难自怨自艾下去显然是不明智的。慢慢尝试面对它、接受它，甚至调侃它。苦难不再带来单纯的痛苦体验，它成为对手，成为谈话的对象，成为一个老朋友。我在这样的苦难中日渐凋零，也在这样的苦难中一步步强大。

在身体被禁锢的日子里，我学会了不断和痛苦和解。当自己彻底不能说话时，丧失语言功能的我只能开动大脑思考，动手写作，用眼睛阅读、用耳朵聆听、学习来填补内心的空虚。因为不能说，事事必须提前考虑周到，因为谁也没有时间等你慢慢打字讲解，想办成事情只能比正常人多付出。因为不能动，我自创了一套适合自己的锻炼方法，每天像蜗牛背石头那样傻傻坚持着，不论它是否对病情有利，心里开心踏实就行。因为不能动，所有想做的事只有靠别人完成，强迫症的我经常干着急，自我斗争，于是我学会与现实和不完美共处，不断调整心态，另辟蹊径，退一步海阔天空。离开自己曾经的最爱和习惯，创造新的寄托。因为不能动，我学会了珍惜，视时间如珍宝，因为不知道明天还能不能打字，再与这个世界对话。因为不能动，我学会了忍受煎熬。睡觉不能动就边听书边入眠，分散注意力。痒了、痛了、烦了就看看心灵鸡汤和佛经，让前人的智慧为自己疗伤，哪怕暂缓也行。好在老天怜悯，还给我留了一口气和一口饭。我在情绪沮丧的时候就经常会想到胃造瘘和气切的兄弟姐妹们，顿时觉得无比幸运，告诫自己，知足吧。日积月累后，苦难便成为生活里理所当然的一部分安放在心里。

接受苦难，是对自己的接受，是对残缺的自己的接受。我希望有一天苦难离我而去，我也感恩苦难让我开始明白生命的意义。

感悟四：无数个无负今日才有可能创造奇迹

尼采说，每一个不曾起舞的日子，都是对生命的辜负。既然我们来到这个世界走这一趟，那就请把你的人生过成值得庆祝的日子。不要虚度这来之不易的一生。所谓过去就是已完成的现在，所谓未来就是当下的延续。一切未来都由当下决定，用心、真诚、努力过好今天，其实就是在善待未来。死亡和明天不知道哪个先来，我们唯一能把握的只有此时此刻。只要我们尽心尽力，全心全意，所谓的结果早已无关紧要。如果你问我梦想和行动力哪个更重要，我会毫不犹豫地选择后者。因为我们没有时间和速度，只能像乌龟一样，每天努力达到一个小目标，用铢积寸累的方式或许能完成自己都难以置信的梦想。

人间自有真情在。当遇到危难的时候，我才知道被这么多的陌生人关爱着。当你爱着别人的时候，身后也有人在偷偷爱着你。我要在有限时间里最大限度珍惜、铭记那些给予我温暖和力量的人。感恩2018年的陪伴，一起迎接2019年的朝阳。

世界以痛吻我，我却报之以歌。

作为ALS患者，新的一年，你别无选择。

特殊妈妈不再特殊　　　　　　　　只想看看你

有一种爱叫学会自我成就

第二篇

因为爱你，才放手

给孩子

特殊妈妈不再特殊

原来，有了彼此的陪伴，
等待竟可以如此惬意、如此满足。

微风刚刚好的晚上，我领着儿子去享受他的大餐——鸡米花、冰激凌加比萨，以奖励他在美术课上令人满意的表现。吃饱喝足了，儿子想尿尿却找不到厕所，于是在肯德基门口徘徊起来。谁承想这一徘徊，竟让他想起了几个月前郑屹叔叔教的计时赛跑游戏（我还真是佩服儿子的记忆力）。

他央求我陪他玩，用手机计算他跑一圈的时间。为了激发他的干劲儿，我也学着郑叔叔在计时器上做了手脚。于是儿子一次又一次地跑，一次又一次打破新的时间记录,"快点,再快点,再快点。"他嘴里不停叨叨着。其实他根本不认识秒数,不过是盯着几个学过的数字瞎猜。可那股劲儿,我倒喜欢得很,傻乐呗!

谁知他突然扭头冲我狡黠一笑:"妈妈现在换成你跑,我给你计时。"我一愣。换成过去,别说跑,举着他跑都没问题,但是我现在成了一个连走路都会摔跤的人,又怎么跑呢?

无论我如何搪塞,他就是抱着我的大腿不依不饶。

好吧,面对孩子的要求,母亲总是无法抵挡的,那我就试试吧。我边走边装着在赶紧跑的样子,好在孩子天真无邪,还当真以为我在跑呢。一圈、两圈、三圈,我们越玩越开心。儿子从被指挥到指挥者,说明他的内心是渴望和家长平等的,他也希望能被尊重,甚至体验一下做大人的感觉。

如果身体允许，我真希望自己可以多"跑"几圈——我多么喜欢听他清纯的笑声啊，那笑声感染了肯德基进进出出的客人，他们的眼中没有怜悯和异样，没人注意到我不同于常人的说话方式，相反，他们频频回望的眼中充满了羡慕。

很幸运，我们没花一分钱就玩了最开心的游戏，并锻炼了身体和计数能力，也感受到为同伴加油呐喊的欢乐。直到9点半，我不忍心地结束了这场游戏。提溜着多余的比萨，我问儿子："坐出租还是公交回家？"他小大人儿似的若有所思："省点儿，公交吧，或者步行回去。"

于是人们看到了这样一幅画面——一对母子没有规矩地坐在公交站的坐椅上，相互依偎着，安心地等待公交车的到来。

深夜凉风萧萧，我的体内却涌动着暖暖的幸福与能量，笑声依然不断响起。

原来，有了彼此的陪伴，等待竟可以如此惬意，如此满足。

只想看看你

好吧，只要能看着他快乐长大就心满意足，哪怕是偷偷爱着他，不管他有没有感受到，我都一厢情愿地爱着他。

11月的北京是最尴尬的季节，为了看儿子，一夜之间要从十几度的南方来到零下七八度的北方，对于患有渐冻症的我来说，所面临的挑战可想而知。

"不管那么多了，去了再说。"这是我内心强烈的愿望。上午完成了连续14天依达拉奉熬人的输液，下午便匆匆收拾行李，独自一人踏上北上的列车。

摇晃的列车

摇晃是火车的动态属性,但对于平地上都站不稳的我来讲挑战无处不在,不管是上厕所还是洗漱、接开水,只要离开床铺,我的十个脚趾和手指就本能地到处寻找可以维持平衡的外界因素。睡前洗漱时,一个车厢的小伙子似乎看出我行动的艰难,主动问我要不要帮忙,我顿时觉得人间自有真情在,天无绝人之路。就这样洗漱完毕后,他搀扶着我跟跟跄跄地回到了床位。

可是接下来一件事真的无人可以帮忙——如厕。我只能强逼自己踏入狭小的空间,只要列车一晃,我就必须马上撒手扶墙。解决了内急,不到半分钟,更严峻的问题来了——怎么站起来。我试了几次用手撑地或拉扶杆都在半腰中失败,越站不起就越急,越急腿就越麻,腿越麻就越发无力。几番恶性循环之后,一个剧烈的晃动几乎是雪上加霜,让我差点单腿跪在地上,那一刻我充分感受到"叫天天不应,叫地地不灵"的尴尬。此刻已是深夜,熟睡的人们听不到我的呼喊求救,再说我也说不出话啊,敲门也够不着,怎么办?拼了!心里铆足所有的能量,情急之下一句"暖禾,你给我站起来!"从心底升腾一股倔强的力量,一鼓作气,居然真的超越了那个最难以逾越的角度站了起来。站起来了,站起来了!那种喜悦好像人生第一次学会站立似的,瞬间一块石头落地了。

窃喜不久,老天居然临时又加了一道附加题难为我,厕所的门锁打不开了。"嗡"的一下脑子再次发热,无论几个手指一起上,都拧不动那个按钮,天啊，求您不要再难为我了，精疲力尽的我渴望迅速逃离这个狭窄憋闷的空间，手指一次拨动不行，两次，单手不行双手，双手不行恨不得用牙帮忙，也许老天终于还是被我感动了，魔术般的，门开了。

这段不堪的经历无论如何不能重演，惊魂之后，唯一的办法就是不喝水，让自己快速入睡。

教室门口的妈妈

自从我病情加重，家里人就把照顾孩子的任务托付给了阿姨。然而，一度以来，我还是坚持一周要送孩子上幼儿园一次，不知道为什么如此一根筋。心告诉我，错过这次也许永远不再有机会了，我渴望抓住每个能做普通母亲的机会，同时证明给自己，"看我也可以"。当然，一意孤行的背后潜藏着很多想象不到的困难。

首先从家下楼我的速度太慢，怎么办？于是我想到了让儿子先跑，到幼儿园大门口等我。好在儿子以为是和妈妈比赛跑，每次拔腿"嗖"的一下就不见人影了。到了幼儿园门口，我看到自己和其他妈妈一样能亲自送孩子上幼儿园，心里成就感瞬间把早上遇到的困难全部抹杀掉。然而紧接着，如何爬楼梯到三楼大班教室成了新的难题。身边的妈妈们都带着各自的孩子飞奔向班级教室，和老师热情问好，迎来崭新的一天，而我的双腿既像踩在独木桥上难以控制平衡，又像被千斤重的沙袋绑着无法轻松迈开，内心渴望飞驰，而每一步总是残酷地滞后在千里之外。

"儿子你先跑上楼吧，妈妈随后就到。"为了不让孩子在同学面前难为情，我立马把他支开。而我只能扶着楼梯的扶手一步步向上挪，在挪上去大概四五十个梯阶时，有无数对母子从我的身边穿越，无论是飞速的脚步还是低声的耳语，都让我羡慕到下辈子还不够。

我曾经为了早上多睡一小时，晚上多干三小时，几乎把接送孩子上幼儿园的任务都交给了老人，因为觉得时间还很漫长，到上学再关注孩子都来得及。现在我不能走了，却来接送孩子，这是不是老天对我的惩罚呢？这是不是我们每一个曾经以为还有很多机会的年轻人最容易犯的错误呢？凭着强烈的愿望，我终于挪到了儿子的教室门口，由于无法用语言向老师问好，我只能点头示意。好在老师心知肚明，对我说："你儿子已经自己换好衣服，坐在那里吃早饭了。"此刻正在吃饭的儿子回头看到了门口的我，那粲然一笑化解了我所有的劳累和胆怯，他的笑容仿佛是在宣示着，妈妈没有失信，尽管慢，但是如她所说，她一定会来的："同学们，你们看，今天是妈妈送我上幼儿园的，我和你们是一样的！妈妈，你看我棒不棒，我自己独自按照你的吩咐全部完成了。"

久久徘徊在教室门口的我，不停地想透过门窗多看几眼，就像这辈子只有这最后一次的机会。我恋恋不舍地离开幼儿园，独自回家的路上，尽管好几次站不稳，却丝毫没有影响到每一根汗毛散发出成就感，就像刚刚完成了一番伟大的事业，喜悦感扑面而来。在那个瞬间，我认为自己不是病人，而是整个幼儿园最伟大的母亲！

回家的路上

北方的气候，除了晚上喉咙干燥、鼻子冒火之外，出门的每一刻都能清晰地感受到肌肉在逐渐僵硬，直到完全被冻住无法动弹，前行的每一步似乎不是用双脚在走，而是用一种信念在迈进。

8点了，孩子快下课了，外面的风格外大，大到好几次我被吹得都快站不住了，浑身越发僵硬不听使唤，"你必须按时赶到"，潜意识里一直有一个人在和我说话，致使我的神经和步伐不敢有丝毫懈怠。

不远处就要到目的地了，一群孩子和家长蜂拥着走出大门，难道我迟到了？情急之下我加快了步伐，谁知被一个刚下课的毛孩子撞了一下肩膀，瞬间感到脚下腾空，右脚脚腕一软摔倒在地上。尴尬的是自己死活爬不起来。周围一同出大门的家长迅速把我围住，一个说怎么了，前面好好走着，怎么就倒地了？要不要打电话叫家人？一个说看样子没事，扶她起来吧，估计一边低头看手机一边走路不小心摔倒了。

在一个好心男家长的搀扶下，我终于站起来了。可就在我起身的5秒钟内，委屈的眼泪止不住地向下流淌，"为什么？为什么我只想接一下孩子，也要让我变得如此不堪，我在孩子眼里还能做什么？"向好心路人摆手致谢后，我含着泪继续奔向了目的地，我清楚地知道今天已经离胜利不远了，理智地擦干眼泪继续吧。那经常在电视剧、书里看到、读到的人生绝境，此刻正真实地在自己身上上演。我除了承受和面对别无选择，活一天赚一天，没错，但更重要的是活一天就有一天的责任，我没有理由就此放弃。

儿子经常会对我说："妈妈你都管理不了自己，你用什么来照顾我啊。"

每每听到这句话，感到字字扎心！我竟无言回复，更无法面对，我想接送他却走路困难，我想给他穿衣脱衣竟连一个扣子都解不开，我想陪他玩耍却浑身动弹不了，我想抱他、亲他却举不起双手，我想把心掏给他却无法用语言告诉他！于是，我只能在背后默默关注，用另一种可以做到的方式，扶他走好未来人生道路的每一步。

下班空余时间为什么没有留给孩子而是忙着重复性的家务活，上学放学为什么没有接送孩子而只顾自己的事情。总以为时间还有很多，没想到我已经错过了。我还能为他做点什么？思来想去就是坚强活着，让孩子心里踏实，不管这个妈妈什么样子，起码在这个世界上他是有妈妈的。虽然妈妈不能说话不能动，但她有一种看不见的力量在孩子身上发挥着特殊的作用。坚强、谦卑、积极、执着、乐观、爱心等，这些都是渐冻妈妈独有的财富，应该在生命最后时间努力将其渗透到孩子身上，而不是再去后悔当初，再去和健全的妈妈做伤心的比较。

相信上帝关上一扇门一定会打开一扇窗，坚信一切都是最好的安排，再坚持一下就会柳暗花明，坚信快乐是可以掌握的。与其花时间悲伤、愤怒、后悔，不如此刻振作起来为你的家人、朋友、社会做点力所能及的事情，至少在我们离开的时候可以给孩子交一份让他们骄傲的答卷。我曾经以为陪伴是给孩子最好的礼物，但是现在我改变了，如果命运让我不能做到每天对他细心呵护，那就用我的大爱给孩子做个精神上的领航人吧！

可喜的是，孩子也变了！出去买东西会想到给不方便出门的妈妈带一份；妈妈走得慢，他会耐心等待并且提前把前方的大门打开；妈妈长期不在身边，他也不哭不闹，有了适应各种环境的独立生活能力；妈妈拿不了的东西，他会主动要求自己来拿；妈妈哭了，他会第一时间递上纸巾。无论这个妈妈多么不堪，他从来没有抱怨和嫌弃，只有开心和快乐地接受。

尽管得病以来，儿子难免童言无忌地伤到我，但我依然像一位痴情的恋人似的，心甘情愿甚至不惜生命代价为他做牛做马。

好吧，只要能看着他快乐长大就心满意足，哪怕是偷偷爱着他，不管他有没有感受到，我都一厢情愿地爱着他。也许有一天，他会发现渐冻妈妈给了他一份人生可以永久保存的大礼——无言的爱！

赠与儿子的精神礼物

我不能就这样从他的生活中悄悄走掉,我还是尽可能在他的生活中留下我的痕迹。尽管留不下我身体的温暖,留不下我做的饭菜香味,但要留下我的文字,留下我的经历、我的精神、我的教训、我的期待……

一直以来都想给儿子用文字的方式进行思想引导和沟通,可儿子世界里只有乐高、游戏。我给他写过两封信,没见他有什么反应,便不再有信心坚持。在他的世界里,一个有残疾的妈妈似乎是无足轻重的。

直到有一天,他的班主任给我发来这样一条信息:"亲,上午好!今天儿子表现很好!上语文课发言很积极,读课文很投入,很动情!今天学的课文是《妈妈睡了》,孩子说很想你。"

瞬间我泪流满面,以前我真是错怪他了。事实是儿子很敏感,大人们的很多事,他都是明白的。只是因为他太小,无法面对残酷的现实,于是本能地选择了逃避,把伤痛埋藏在心灵的深处。以一个小男子汉的自尊小心地防护着,以防别人看见。

我觉得我不能就这样从他的生活中悄悄走掉,我还是尽可能在他的生活中留下我的痕迹。尽管留不下我身体的温暖,留不下我做的饭菜香味,但要留下我的文字,留下我的经历、我的精神、我的教训、我的期待……

孩子，妈妈想对你说：

我真是一个与众不同的妈妈。别的妈妈得病，恨不得日夜守护着自己的孩子，就怕时日无多再没有机会了。我却选择了独自离开，独自面对。妈妈特别希望你能理解，不要怪妈妈。

妈妈得病了，得的是非常严重的病。妈妈觉得，妈妈会拖累你，会夺去你的快乐。如果你的生活里，没有我这样一个生病的妈妈，你会更快乐更幸福的。所以，妈妈虽然心痛，但为了你，还是选择离开了你，离开了家。你不要怪妈妈狠心，你不知道，离开你，妈妈的心有多痛。

妈妈从十二岁就离开父母，独自去异地求学。从那时起，我就只有寒暑假才能回到爸爸妈妈身边。收拾行李，在车站和父母挥手告别，望着亲人的身影渐行渐远，接着眼泪模糊双眼……这一系列的场景，似乎在妈妈心灵深处逐渐形成了一道阴影。一次次地离开，似乎是我的宿命。而这一次，却是要离开刚刚上幼儿园的你。

妈妈不想听任病魔的摆布，想跟这样的命运赌一把，但妈妈不想赔上你童年的幸福。请原谅妈妈没有征求你的意见，擅自作主退出了你的生活。请原谅妈妈，也许只有这样，妈妈才能轻装上阵，才能毫无顾忌地和病魔抗争。不过孩子请你放心，无论在哪里，无论在何时，妈妈都会想着你，念着你，爱着你。

妈妈虽然也希望你能分担妈妈的苦痛，并从这样的分担中成长成熟，在这种分担中学会承担责任，学会面对生活的苦难。但是，你还太小，妈妈更希望你能和其他小朋友一样撒娇、卖萌、任性，拥有一个无忧无虑的快乐童年，而不会因为我的病改变了本该属于你的正常生活轨迹。

于娟《在此生未完成》这本书中，分析了她得乳腺癌的原因，对我启发很大。所有疾病的产生，绝非一朝一夕形成，而是日积月累，妈妈的病也不例外。细细想来，我总结了三个方面：一是"太认真"，忽视了健康的平衡；二是被浮夸的物欲蒙蔽；三是被情绪主导。

首先说说这个"太认真"。由于没有任何背景，加上天资一般，认真就成了妈妈立足社会、守护自尊的唯一法宝。从十二岁离家求学老师送我一句"笨鸟先飞"开始，"认真"二字就刻在我的脑海里，成为一种生活、学习、工作的习惯，同时也使我成了同学、同事心目当中不合群的另类。认真让我从三线小城市一个人打拼到在上海、北京立业扎根。认真让我曾经在舞蹈界小有成绩，一直都是老师心目中引以为荣的标准的好学生。认真也让我无论在学校还是单位成为备受瞩目的领军人物。然而这把"认真"双刃剑在让我得到很多满足的同时，也让我失去了很多。认真让我变得过度追求完美，总想面面俱到，从而失去了本该属于自己的休息放松的时间，认真导致我在生活方方面面都有些强迫症现象，于是眉毛胡子一把抓，缺乏对事轻重缓急的把握与取舍，经常把自己折腾得身心俱疲。认真使我有了强烈的好胜心，于是事事都想做到圆满成功，早已忘记了要对自己好一点，忘了要学会放过自己。于是认真二字从鞭策我前进的动力，转化成了一种损害身心的生活方式与习惯。当认真给予我光鲜成绩的同时，其实也在悄无声息地吞噬着我的健康。

其次说一下被浮夸的物欲所蒙蔽。人最容易陷入的是欲望旋涡，得到了想要的，又开始期待新的目标。上了好学校想有好成绩，有了好成绩想有好工作，有了好工作想有好老公、好生活条件。有了这些还不够，还想能多赚钱。在社会制造的游戏规则下，我错过了生命中最美好的东西，忽略了已有的幸福。工作和赚钱充斥了我全部的生活。妈妈的生活里没有了周末的放松，没有了亲自下厨做饭，没有了午后咖啡馆的闲聊，甚至连到幼儿园接送你都少之又少。似乎只有把生命里每一分钟都花费在打拼事业、追逐梦想上才有意义。如今我衣食无忧，但我心里最羡慕的，却是可以天天陪在孩子身边的母亲，是能够见证和分享孩子点滴成长的母亲。

不要沦为情绪的奴隶，是我得病后最大的收获。也许是得病前的人生太顺利，也许是独生子女的任性——我太自我了，我太放任自己的情绪了。放任情绪的结果，就是让我失去了对事物的明智判断，让我在自我纠结中浪费了大量的时间、精力和健康，让我无法以一种良好心态，接纳生活中的种种不如意。可惜我醒悟得太晚了，各种各样的情绪，已经带给我太多的伤害。尽管人都有情绪，但一个真正成熟的人绝不会让情绪控制并伤害到自己，而是让自己的心胸开阔，让自己的决断更理性。

以上三点算是妈妈的前车之鉴吧，妈妈希望你不要重蹈覆辙。接下来聊聊妈妈对你的人生期许吧……

一、成为自己喜欢的样子

学校老师希望你成为清华、北大学子。爸爸希望你成为对社会有用的人。而我则希望你成为自己喜欢的样子。妈妈有幸成了从小就喜欢的舞者，正好因为这份骨子里的热爱，使得这份再苦再难再是昙花一现的职业，妈妈也义无反顾地坚持着，也尽情享受着这项事业。

社会有时很残酷。在种种价值标准的裹挟中，人们有时候会慢慢失去自我，失去目标，失去快乐。投身自己热爱的事业，是克服困难获得快乐的根本前提。哪怕有一天你觉得做快递小哥很开心，妈妈也可以支持你。在我心里，未来你做什么工作、成为什么样的人并不重要，重要的是你是否喜欢自己的状态，认可自己活着的价值和意义。

二、一生与仁善之心相伴

俗话说人算不如天算，宇宙潜藏着人类无法解释的很多现象，妈妈在得病前从未感受。得病之后在做公益事业中，却冥冥之中有种老天也在帮我的感受。也许你的仁善付出并未获得他人认可和及时回报，但请你一定相信，在爱的循环下，当初的仁善付出终将回馈到自己身上。在仁善充斥整个身心时，你便自会气定神闲，勇往直前，得贵人相助，一生平安！

三、人生不宜求太满

中庸之道讲，什么都得讲求适度；佛教认为凡事都有因果。想必这比中彩票概率还小的渐冻症被我"行大运"般地得上了，我想与我太急、太满的人生观不无关系。好胜心，拼搏心、上进心本是一个人成功的动力，而当这些方面超过了适合的度，便会反过来成为毁灭自己生活的杀手。当局者总是会被侥幸心和欲望蒙蔽了双眼，缺少了一种智慧的长远眼光和胸怀。追求幸福人生切忌太急、太满。不满，则空留遗憾；过满，则招致损失；小满，才是最幸福的状态。人生在达到顶峰之后必然会走下坡路，所谓盛极而衰，小满，才是最好的人生境界。想来古人早已洞察世事，对人事了然于胸，懂得小满即安，不求大满、圆满。说到底，妈妈不愿看到你的人生如我一般，走两个极端，风光过，也绝望过。这种生活落差带来的心理煎熬并非人人都能承受。我更愿意看到你安于小满的人生状态，如长流的细水，幸福一辈子……

行文至此，妈妈也在想，等你能看懂此信时，我也许早已成了天上的哪颗星星，在看着你。既然这辈子有缘分让我们成为母子，我总想竭尽全力地在你记忆中留下点痕迹。当若干年后我的形象在你记忆里开始变得模糊不清时，我的经历、我的思考，还能够伴随你，护佑你一生，这便是妈妈能给你的最好礼物。

有一种爱叫学会自我成就
——谨以此篇献给我的心肝

当我们不得不面对现实的困境退居幕后时，最好的爱就是学会放手。放手，让孩子得到他需要的而不是你以为最好的东西。

ALS除了剥夺了我跳舞和讲课的权利以外，还无情地夺走了我身体的自由。没有手，没有脚，没有话语权，一切都要指望别人帮助的心念像癌细胞一样扩散到全身，那颗曾经高度自尊的心逐渐学会了向命运低头和妥协。这其中有一样是我花了两年多才说服自己放下的，那就是对儿子的爱。

几年的病程，我眼睁睁地看着自己离孩子越来越远，也眼睁睁看着自己从一个下了班能陪孩子玩耍、洗澡、撒娇、亲近的妈妈，变成如今连想伸手摸摸孩子都力不从心的病人，其中的锥心之痛只有自己知道，只能自己承受与化解。可惜一切都不能再回头，我只能选择突破困境，争取可以把握的东西。已经失去的，也许本该就是成长的代价。

写下此文，只是希望让那些与我有着同样境遇的患者朋友，可以避免一些心理上的纠结，理性思考，放下执念。另一方面也希望若干年后，我不在世了，儿子能谅解妈妈心有余而力不足的无奈。

我和儿子关系的微妙变化分为三个阶段：痛苦——争取——放下。

在得病的初期，因为不能正常讲话，我听到最刺心的话就是："你连话都讲不清，未来还怎么教育孩子？"面对这样的质问，我只能默默承受。因为我没有底气反驳，更没有能力证明自己。病程初期我充分利用一切机会来抓紧陪伴孩子，只要是儿子的事，我都亲力亲为，除了给他读故事书，其他的都能照常进行。可喜的是儿子和我心意相通，居然能听懂我含混不清的语言。但随之而来的，也有我无法回避的难堪。走到哪里都会有认识的人问儿子："你妈妈说话怎么这样，好奇怪呀！"孩子虽然小，但是已经懂得捍卫自尊，儿子居然果断地回答，"我妈妈是因为上课太多，嗓子坏了。"这是我第一次感到给儿子丢脸了，一种痛楚油然而生。随后病情发展到下半年，我就不能跑了，并且一度因为和儿子追逐玩耍把自己摔得头破血流，那一刻孩子吓傻了。从此，我所有极限动作被迫退出我和儿子的世界，我和他的远离也就此正式开始了。

不能抱他，不能陪他一起跑，不能帮他洗澡，不能帮他穿衣喂食，所有的"不能"都以迅雷不及掩耳的速度残忍地摆在了我的面前。曾经几次，我执拗地试图为孩子做点什么，到头来都以悲催、失败告终。

有一次儿子和一群孩子玩耍时，累了向我撒娇，求抱抱，因为我的手臂力量不足，放下他的一瞬间，竟失手将他的脑袋重重摔在运动器材上。那一刻，我不得不面对现实。随后的每一个周末或节假日，只有爸爸和儿子的嬉戏，我则像一支球队中受伤的队员，只有观看和独守的资格。从一个领军人物到被裁判"红牌"永久地罚下场，我饱尝了失落、嫉妒、孤独、恐惧、无助的人生滋味。那时我唯一的情绪释放方式就是戴上耳麦听着音乐，不停在路边快走，渴望依靠大自然的神力将所有悲伤带走，开始全新的生活。眼里已看不见周围的行人和车辆，只有一种复杂的情绪和控制不住的眼泪在游走。我在心里暗暗告诫自己，必须越过这道坎，否则还没等疾病发作，自己先把自己压垮了。

2017年的11月，我在老家休整4个月后，鼓足勇气只身一人来到北京。那时的我尽管已经出现走路不稳、自理困难的情况，但我深知这种身体行动"自由"的时日不多了。不管多难，不管有多少人投来异样的眼光，我竭力为自己争取。于是有了我此生最后一次送儿子上幼儿园，送儿子画画，陪儿子吃最爱的呷哺火锅，给儿子亲自选购衣服，等等。可能在孩子眼里，这些是再普通不过的"一次"而已，但对我而言，这都是一场与儿子和人生的告别仪式。往后的日子，儿子很快适应了在新阿姨家的生活，有时看到阿姨一家人代替我疼爱他的场景，我那近乎绝望的心也感受到些许的安慰。也许在儿子幼小的心里完全不知道如何面对妈妈突如其来的巨变,也许他也想逃避,总之我们的距离又远了,远到他不愿单独和我共处。于是我绞尽脑汁用最俗气的办法来靠近:买所有他喜欢的东西,只为求得一次拥抱,一次亲吻;创造所有能和他在一起的机会,只为看着他在我身边嬉笑玩耍;挖空心思地讨好他,只为能在他的心里留下妈妈零星存在的印象。

放任儿子对我呼来唤去,放任儿子对我爱答不理,放任儿子只有看到礼物才会想到我,所有的无奈和痛楚我无法用言语表达,只能选择全盘接受,只为在谢幕时留下我在儿子心里最美好的回忆。

这一年的六一儿童节,我又来了。这可以算是我留给自己的最后一个心愿:陪孩子过一个有我陪伴的儿童节,陪孩子过最后一个没有学习压力的暑假,然后看着孩子穿上校服,背上书包,走进小学的大门。的确,很多人不能理解我的执念,劝我不要瞎操心，管好自己，但这一切都无法抑制我强烈的母爱的冲动。我深知如果这一刻犹豫了、退缩了，就有可能会成为永远的遗憾。

这次来京，孩子的个头长高了不少，可感觉我们母子的心理距离却又远了很多。看动画片时，我陪在身边，摸着他的小手，被他嫌弃地躲开了；我想抱着他亲一下，被他毫不留情地推开了；我想陪着他去游乐园放松一下，被他断然地拒绝了。这一切似乎验证了一句话："世界上最远的距离不是隔着千山万水，而是就在你的身边，却好似空气一样的没有看见。"这种隐痛绝不亚于ALS的侵袭。

好在有一天，上帝对我的这份奢望产生了怜悯。阿姨想了一个办法，把儿子骗回来陪我睡了一晚。那晚的每一分钟，儿子的每一个表情、每一个动作，我都会深深地刻在脑海里。儿子在我的身旁熟睡，看着他酣睡的小脸，听着他均匀有序的呼吸声，瞬间感觉人生幸福不过如此。多希望这美妙的夜晚可以停留。

我深情地望着他，不由自主地想亲他一口。我像毛毛虫那样蠕动着，蹭到了儿子旁边，费力地用头靠近他的额头，就想闻闻那熟悉的味道，用嘴唇感受一下肌肤的温暖与光滑。

也许是感觉到了什么，儿子睡梦中一个翻身把被子踢开了。我本能地想给他盖上被子，护住肚子，担心整夜的空调会让他着凉。然而，我的双臂根本拉不动压在他身下的被子。我使出浑身力气，一次次试图拉出被子，却一次次面对被病魔捆束的惨境。那一刻，所有憋屈的眼泪和挣扎的汗水汇在一起，望着房间里唯一的一束微光，我的心碎了。

整个晚上，我不停地查看他是否踢了被子。手不行，就用牙、用脚，用尽身体所有能调动的部位，给他把被子盖好，只有这样我才能安心。儿子因为睡姿不好，一不小心经常会把小胳膊或小腿压在我的身上，我大气不敢喘，怕把他吵醒后，发现睡在身边的不是阿姨而是妈妈，他会害怕，会拒绝。于是，即使身体再难受我都忍着，像一具听话的僵尸，一动也不动地、静静地望着儿子。

虽然是一夜挣扎，但我还是很享受这一段来之不易的儿子只属于我的时光。

天很快亮了，我想努力抓住这一刻。窗外隐约传来的鸟叫，屋内空调克制的低吟，如轻雾一般慢慢浮起的光线，身边小天使均匀的呼吸、如常的体温、淡淡的体香……

他突然从梦中惊醒，一翻身，发现睡在旁边的是我。他一句话也没有说，以最快的速度跳下床穿上鞋，飞奔到楼下阿姨那里。那一刻我没有一滴眼泪，平静地躺在床上，望着天花板，笑了。我告诉自己：你尽力了，该放下了。

在与儿子渐行渐远的日子里，病友"陌尘"的一句话让我豁然开朗，他说："我儿子都初中毕业了，在家照样视我为空气，你得给他成长的时间和空间。"换位思考，从一个6岁孩子的心理出发，他对我这样的妈妈没有兴趣也是情理之中的事。面对一位不能说、不能动、不能陪他玩耍、不能保护或帮助他的妈妈，逐渐没有情感寄托也是合情合理的。与其说是孩子需要父母的呵护，不如说父母更需要孩子给予的被需要的存在感。一味纠结在付出是否有相应的回报，这是一种狭隘而自私的爱。

当我们不得不面对现实的困境退居幕后时，最好的爱就是学会放手，学会放下，让孩子得到他需要的而不是你以为最好的东西。真正伟大的母爱并非母亲天天守候在身边，而是教会孩子慢慢脱离自己的庇护，有一天能独立地展翅翱翔。身患渐冻症的妈妈与病魔抗争，与命运搏斗，这本身就是一种精神的教育与能量的传递。我想，即使孩子未来再也没有妈妈的爱和陪伴，妈妈无形的爱也会扎根在孩子的心里。

孩子啊，假如有一天死神必须带走妈妈，我愿你的记忆里从未有过我的身影，我愿你的生活里依然是一片没有悲伤的净土，一切可以从头开始，一切都是美好相伴。

假如有一天，你怨恨妈妈没有陪伴你，那么我想告诉你，生活中总有些东西是我们无论多努力都抓不住的。知取舍、懂进退方能有所成。放弃一些东西，不是为了停靠，而是为了更远地航行。如果说执着的坚守是一种勇气的话，那么适时的放弃就更需魄力。请上天保佑妈妈乘风破浪后能再次回到你的身边吧！

说好了，我们一起努力！

老爸——献给天下所有的父亲

您陪我一程 我念您一生——追忆恩师赵必纯

第三篇

您陪我一程　我念您一生

给生命中的亲人

老爸
——献给天下所有的父亲

他心甘情愿地在家里被我和妈妈呼来唤去，在他的心里压根儿没有觉得伺候人是丢面子、委屈吃苦的事，每天看到我和妈妈能吃能睡、能乐呵呵的，就是他最大的满足。在他身上，一种金子般的品质深入骨髓……

当我被这个世界踢出局时，当我被身边的人有意无意地冷落、忽略，直至他们和我渐行渐远时，一个老男人收留了我，他就是我老爸。本来妈妈就有精神上的慢性疾病，再加上我的病的到来，使这位年近70岁的老人，要同时照顾两个几乎不能自理的病号。

老爸每天早晨5:30起床,为妈妈做早饭,直至夜间12:30送我上楼入寝,其间都在各种琐碎的忙碌中度过。偶能得那么几分钟的空闲,他倒头便睡;听到一点儿动静,他翻身即起。有个感冒发烧什么的,他也要带病坚持。

我家住六楼,没有电梯,老爸一天最少上下七八趟,整日围着两个女人"做牛做马,勤勤恳恳",毫无怨言。

曾经的老爸胸无大志、好逸恶劳,除了老实善良,我们认为他"一无是处",还经常扮演"成事不足、败事有余"的角色。他和我妈仿佛是两个世界的人:一个得过且过,安于现状;一个精明能干,好胜心强。就这样两种不同性格和追求的人,在一个屋檐下吵闹了一辈子。在我的记忆里,老爸除了上班,就是到处闲逛,家里大小事从不操心,我的成长没有太多关于他的记忆。而妈妈从小便是我几乎唯一的靠山，她到哪里我就到哪里。甚至我离开家乡到外地求学，还必须抱着妈妈的衣服才能入睡。

然而这位既当妈又当爸，还经常保护老爸免遭别人欺负的女汉子，却在2008年突然倒下了，到现在已经十年了。这十年里，老天有意让他俩互换了角色，老爸开始义无反顾、任劳任怨地撑起了这个家。购物、做饭、洒扫，伺候妈妈起居、服药等，不惮繁杂，不辞劳苦。

我被病魔突袭，更加重了老爸的负担。我比妈妈还难伺候，除了举手投足更加困难外，我的脾气也更加暴躁。如今的老爸不仅是我和妈妈的唯一支柱，还在我的生活里扮演着三种角色：出气筒、保镖和保姆。

老爸从小就不是严父，既不敢打我也不会骂我，唯一能做的就是不停在我耳边叨唠个没完。知道我行动不便，每天睡前和早晨起床都会准时提醒："闺女，要不要上厕所啊？"上车前必定第一句话对司机说："我闺女身体不好，麻烦您开慢点。"如此这般的絮叨，在我耳边滚动播放，从早到晚。我则爱答不理，一个字"烦"！

因为语言沟通越来越困难，加上老年人耳朵、眼睛都不好使，老爸常常无法及时准确领悟我的意思，经常南辕北辙、张冠李戴，气得我动不动就对他发脾气。有时我身体状况不好导致心情郁闷低落，也会忍不住对老爸大呼小叫地发泄一番。老爸对此从来都是照单全收。有时因为我不可理喻的强迫症，搞得他也会脾气暴躁起来，偶尔还击我一下，但最多三分钟，他的气就烟消云散，事后他仍是一如既往地悉心照料我。

我因为这个病，内心对外界的反应极其敏感，看惯了同情、冷拒、不耐烦甚至嫌弃的表情，学会了低眉、微笑、替人着想；唯在老爸这里我可以任性，可以毫无顾忌地发泄，也唯有老爸可以接受我的一切，接受我行动不便的四肢，接受我难以控制的脾气。他心甘情愿地在家里被我和妈妈呼来唤去，在他的心里压根儿没有觉得伺候人是丢面子、委屈吃苦的事，每天看到我和妈妈能吃能睡、能乐呵呵的，就是他最大的满足。在他身上，一种金子般的品质深入骨髓，这种地位、文凭、金钱、权势无法比拟的人品，深深影响着我。

自从病情发展到无法正常行走的地步，我走哪儿都不得不带上"保镖"——老爸。由于发生了几次在他眼皮底下瞬间摔倒被120接走的事，原本胆小的老爸从此就患上了"闺女行走恐惧症"。每天只要我离开床或座椅，他就神经高度紧张。即使他睡着了，只要听到一丝椅子挪动的声音，就会条件反射地一跃而起，一边还有些惊惶地喊着："我来了，我来扶你，闺女。"

　　时间长了，这种惊悚的气氛给我平添了几分重症患者的感觉。他的一惊一乍时常让我很糟心，但也让我很暖心。就这样，除了我上厕所、洗澡之外，其他时间老爸对我几乎都是寸步不离，走到哪儿扶到哪儿，成了名副其实的"人工拐杖"。遇到出门办事，老爸更是服务到位。老爸虽已年近七十岁，但仍身形高大挺直，还颇有几分年轻时的帅气。出门在外拎包开门，给我这个残疾人倒是攒了不少面子。除了路上的种种呵护，老爸还在我停留的每个地方蹲点、守候、喂食。此外，推椅、挡人、遮雨、翻译，他无所不能。就这样，我像很多大牌明星一样，有了"24小时的保镖",一位不要求待遇、不会辞职、还挺帅气的保镖。握着这位"保镖"的手,我时常感到一种说不出的安全感,无论遇到什么阻碍,似乎都可以放心地前行。

自从家里两个女人都病倒了,原本脾气暴躁、毫无耐心、干活儿笨手笨脚的老爸似乎有了很大的进步。早上给我穿衣梳头,中午给我搛菜喂饭,晚上给我洗漱铺床,出门还要给我化妆、穿鞋,小时候妈妈照顾我的活儿,老爸在短短一年里都学会了。每天从我睁眼到入睡,一天之内呼喊老爸的次数不计其数,指派老爸的指令连续不断。甚至更夸张的是,为了配合我"白天睡觉,晚上创作"的工作需求,老爸也很无奈地加起了夜班,和我一起成了夜猫子。每晚直到看到我睡下,他才敢下楼踏实睡觉。如果有一天他不在家或生病罢工了,我的生活也就彻底没法运转了，好像一座房子塌了根基似的四处抓瞎。在老爸这个"保姆"无微不至、任劳任怨的呵护下，这个得了世界上最残忍的病的我，依然觉得活着还有寄托，还有意义，因为"保姆"老爸唯一的希望，就是看看我乐观面对未来每一天，是我依然还能回到从前那个活蹦乱跳、自由翱翔的快乐样子。

鲁迅曾说："有谁从小康人家而坠入困顿的么，我以为在这途路中，大概可以看见世人的真面目。"三年的病程，从舞步曼妙坠入步履维艰，也让我看清了很多。很多花前月下、烛光晚餐上的誓言，在你倒下时，旋即灰飞烟灭；也有吵闹大半生的夫妻，在危难时刻给彼此传递着最坚定的信念和力量。

从老爸身上，我对亲子关系、夫妻关系有了新的理解。对亲子关系来说，血缘是纽带，包容与奉献是内容。无论孩子成器还是不成器，富贵还是贫贱，健康还是患病，父母照单全收，即使拼尽全力、奉献一切乃至性命都毫不犹豫。父母把孩子看成天，看成希望，因此天下大部分父母不图任何回报地牺牲自己，照亮孩子。什么是真正的夫妻，不是甜蜜、温馨、浪漫，那些只不过是平淡日子的点缀；而是无论面对日复一日、年复一年的单调生活，还是祸从天降的危难，都能不离不弃，相守终老。在我看来，任何荣耀和财富都比不上身边有一个亲人理解和支持你更重要，家人的不离不弃才是病人最好的良药。

在这样的路途中，我对几乎无处不在的冷漠、自私选择了包容、理解甚至接纳，但同时我也更崇敬无私、坚毅、充溢着仁爱的品格。有时候我会想，也许我应该感谢这个病，它让我从老爸胸无大志的表象，看到他坚忍、勇敢，看到爱之深沉的内在。

老爸七十岁，本应是颐养天年的时候，现在反而整日来伺候我。唯一能弥补这种愧疚的方式，就是坚持到医学界可以攻克这个难题那一天再来双倍偿还。但愿一切都还来得及。

朱自清对父爱深沉的感受凝聚在父亲攀爬站台的背影上，我则对老爸不拘时间环境，得空便能熟睡的身影格外动情。他对家人的爱深厚而又低调，虽不善表达，却用一如既往的行动证明了一切。

从他疲累而香甜的睡意中，我读懂了什么叫父亲。

您陪我一程 我念您一生
——追忆恩师赵必纯

很快，我被赵老师放在了"红花"的位置，一种从未有过的自信油然而生。我慢慢发现自己跳舞时会笑了，慢慢觉得自己会美了，站在舞台中间的滋味真好。

当我的故事和文章在舞蹈圈里受到大家肯定，得到很多转发的时候，我却更加想念我的第一位专业舞蹈教师——赵必纯老师。

假如说父母给予了我可以舞蹈的身体，那么赵老师则为我的身体注入了舞蹈的灵魂。无论是作为专业的舞者，还是作为一名教师，她的精神品质对我的影响从未离开。从上海到北京13年的舞蹈求学之路，我遇到过无数位舞蹈界的大师，从他们那里获得了丰富的滋养，然而，赵老师对我精神的呵护、对我深入骨髓的教导，是别人无法替代的。

赵必纯，湖南长沙人，北京舞蹈学院古典舞教育系第一届学生，师从李正一教授，与现任北京舞蹈学院副院长王伟教授是同班同学。毕业后去上海建立了全新的古典舞系。

而我这样一个来自三线小城市的丑小鸭，竟有幸成为她的门生。我的命运因此改变。

我出生于上海周边的三线小城市，父母都是纺织厂工人。只因从小表露出较高的舞蹈天分，我便被母亲送到当地少年宫进行培训。可是我去了才知道"山外有山、楼外有楼"。在幼儿园我是舞蹈明星，可在少年宫我顶多算是个陪衬的绿叶。由于从小性格内向，不爱说话、不爱表现，一到演出排节目，老师必定会以"跳舞不爱笑，没有表现力"为理由，把我作为备选人员。也因不爱说话，课间休息同学们嬉戏玩耍时，我必定是一个人坐在角落里羡慕地看着大家玩儿。在我的记忆里，那时我总是一见到舞蹈老师就低头绕过。整整五年的学习，我几乎没有被老师当示范表扬过。在妈妈面前，老师的评价永远是：这孩子基本功还可以，最大的问题是跳舞不爱笑。老师不知道，当我一个人在家对着镜子自创自演时，镜子前的我其实很爱笑、很爱表演，只是这一分热爱久久不敢破土而出。

1992年，在母亲的安排下，我第一次来到上海。站在上海舞校芭蕾女铜像前，我还是不敢相信像我这样的丑小鸭，有朝一日能够踏入学校大门。在全国近两千名考生只录取20名公费生的情况下，我竟然进了总复试，但命运捉弄人，因为一个体检数据的误写，我最终还是没有等到录取通知书。万念俱灰的时候，家人决定破釜沉舟，和命运赌一把，带着我重返上海，在校长办公室门口足足守了一天。最终，校长被我们全家的真诚感动了，决定作为后备生破格录取我。临走前，校长还不忘善意地提醒："你知道什么是后备生吗？就是在第一年试读期里如果专业不合格，第一个就要考虑筛掉后备生。"于是，那一刻我才真正知道什么是来之不易，什么是刻苦勤奋。与此同时，我的生命中开启了有赵必纯老师陪伴的日子。

第一次上赵老师的课，我就被其优美的示范动作和生动的讲解深深吸引住了；第一次发现舞蹈老师可以不一上来就检查体形，而是告诉我们何为舞蹈高级的美，如何用身体去感受并表达这种美。当我第一次尝试用身体去表达感受时，我感到身体里有一个不羁的灵魂，它不需要别人刻意安排，也不在意别人的目光，它就那么美着，用肢体、用表情表达着。我从此被赵老师吸引，陶醉在她的美与高贵之中。很快，我被赵老师放在了"红花"的位置，一种从未有过的自信油然而生。我慢慢发现自己跳舞时会笑了，慢慢觉得自己会美了，站在舞台中间的滋味真好。

三年级时，在赵老师的古典舞身韵课上，我对舞蹈的认识理解又一次飞跃。赵老师的古典舞身韵课是她精心为学生独创的。说独创，一是很少有老师敢在低年级开设身韵课，二是她大胆将钢琴伴奏改为古筝伴奏，三是所有的教材都是自己重新整理编排。可以说赵老师的身韵课使我身体的每一个细胞学会了跳舞，让我从浅层的外形模仿提升到一种形神兼备的审美意象的创造，让我体会到中国文化的博大精深。从呼吸到眼睛的表达，从含、腆、冲、靠到横拧、旁提，从圆场、花帮步到摇步，摆扣步，从《红豆曲》《寒鸦戏水》再到《葬花吟》，第一次可以摆脱技术的束缚，游走在中国女性特有的身体文化与情感表达之中，第一次从古筝清澈而缠绵的倾诉中，体会到东方女性举手投足间含蓄而深沉的美。赵老师的身韵课使我的舞蹈不再只是我自己，我的生命里似乎灌注了古往今来无数丰富而生动的灵魂，我的每一个骨节似乎都充满了生气。

除了舞蹈，赵老师更注重对学生全方位的塑造。除了课堂教学时间，课外她更是下足了功夫。打个夸张点儿的比方，学生无论吃饭睡觉，始终会觉得背后有一双眼睛盯着。时而为听到远处传来的她的脚步声而全体惊慌失措，时而为身为她的学生而得意自豪。从一年级入学开始，无论是午饭后的基本功补习课，还是每晚的业务自习课，赵老师总是风雨无阻地准时来"监工"。从一年级入学开始，每个周一必定称体重、量"三围"，赵老师一本笔记本上密密麻麻写满了班里每位同学的形体变化，根据这些数据随时调整她的教学计划和备课方案。也是从一年级入学开始，无论是哪次期末考试，她都是自掏腰包给全班女生购置新的练功服，只为让我们在评委老师面前焕然一新。此外，赵老师还要求我们每天写一篇业务笔记，每周写一篇读书笔记，每个寒暑假自编一个舞蹈作品。每一周的业务笔记，都会留下赵老师语重心长且又直指要害的评语，每个稚嫩的自编作品，都会经过赵老师积极的修改和认真的点评。整整六年，雷打不动。

更幸运的是，从入学开始，我们在课堂上随时会和舞蹈大师零距离接触。课上，杨新华、辛丽丽、陈家年、林美芳、孟广成、盛培琪等诸多舞蹈界的名人、老教授是我们课堂的常客。课下，国内沈培艺的《丽人行》《葬花吟》《新婚别》，丁洁的《木兰归》，闫红霞的《金山战鼓》，山 的《北风吹》等，每周组织我们定期观摩；国外芭蕾王子巴尼什尼科夫的舞剧，台湾编舞家林怀民的早期作品，尼金斯基的现代舞蹈作品，这些如雷贯耳的大师作品，都是我们日常的温习材料。

事物都有正反两面，赵老师对我无微不至的关爱，自然也在一定程度上使我承受了高期待带来的压力。毫不夸张地说，赵老师业务笔记一句差评可以让我一周茶不思饭不思，课堂上一句严厉的批评可以让我一节课提心吊胆、愁眉不展。我的喜怒哀乐似乎被她的评价所左右，每天只要她的课程结束，我就有一种如释重负的感觉。我承认我乃至全班女生打心眼里都很怕她，因为她火眼金睛，无论你站在哪个角落她都能及时识破你动作的好坏，即使一个不经意的眼神，她也能猜到你的秘密与想法。每个人站在她面前根本无法掩饰自己，她的气场可以笼罩到教室的每个角落。在赵老师的严格要求和教导下，我开始习惯了对自己的严格要求；开始学会承受巨大的压力；开始将对高标准高品质的追求，变成自觉自愿地对自己的要求；开始将咬牙坚持看得平常。细想起来，今天面对ALS如此不服输的劲头，很可能就是赵老师那时植入我血液的。

赵老师，不但是我事业上的恩师，还在生活上给予我无微不至的关怀。她为我做的远远超过了一个老师应尽的职责。也许是因为我的努力和成绩感动了她，也许是因为一个从外地来的丑小鸭触动了她，入学后几乎每个周末，我都是在她家度过的。赵老师只说，希望我在平时紧张的学习之余利用周末好好放松调剂一下自己。六年里，我身上每一件漂亮的衣服几乎都是赵老师送的，她觉得我原来的衣服太土，缺少女孩的朝气。我生平第一次出国是赵老师带我去的；生平第一次去北京看桃李杯舞蹈比赛也是赵老师出资带我去看的；生平第一次吃肯德基、西餐、大闸蟹都是赵老师带我吃的。太多第一次遇见的美好，都是赵老师全家恩赐的。

赵老师不但对她所从事的舞蹈事业和学生尽心尽力，更对自己要求严格，记忆中在她家度过的每个周末，基本上午是鉴赏国内外优秀舞蹈作品，午休后最常去的就是各类书店。她家里到处摆满了世界经典舞剧相关音乐的碟片和书籍，她是一位名副其实"文武双全"的才女老师。课堂里很多组合、剧目都是她根据学生情况创作编排的，课堂上每个学生出现的问题她总是反复研究，积极探索各种解决方案，直到找到原因并纠正问题才肯罢休，对学生完成的一个组合乃至舞蹈作品，细致到每一个呼吸、每一个眼神、每一次举手投足的状态，要求几近苛刻。她常说，希望她培养的学生拥有芭蕾舞演员的身材线条和脚下功夫，拥有古典舞演员的软开度、爆发力和身段韵律，拥有民间舞演员的舞蹈感觉，同时还要拥有编导的创造力和思想。没错，这六年她几乎就是这么完美地要求学生和她自己的。

如果说，我还有那么几分对舞蹈的理解领悟，对身体语言的熟练使用，那都与赵老师的启蒙密切相关；如果说今天我还有那么一点坚持的韧劲儿，那也是赵老师平日严加管教的结果。在工作五年后，我依然以骄人成绩被舞蹈专业最高学府录取，那也是赵老师从小在我心里构筑的永不褪色的梦想使然。今天我离开了舞蹈，但我的生命还能在病躯中绽放它的价值，在很大程度上，也得益于我在赵老师的言传身教中，对人生真谛的领悟。赵老师不只是我的舞蹈教师，更是我的人生导师。

天不假人寿。赵老师未曾道别地离开，已有整整13年的光阴了。上海舞校的走廊经常在我的梦里浮现，赵老师熟悉的身影，缭绕着她教学时铿锵的声音。我的身上倾注了赵老师太多的心血，她如果有在天之灵，一定希望我不但要打起精神精彩活下去，更要用舞蹈人的魅力和精神鼓舞更多的人战胜命运。

您陪我一程，我念您一生。我将永远缅怀为中国古典舞教学事业奋斗终生的模范教师——赵必纯。

我和病友陌尘

最美的爱情

让爱汇成一条河

冰语阁见人性

第四篇

爱是一种慢性循环

给病友

我和病友陌尘

的确，渐冻症是可怕而令人绝望的。但在不远的地方，还有一个人甚至一群人正和你同病相怜，你依然可以在黑暗中看到一丝微光，因为对方的坚持看到方向和希望！

听说陌尘决定做胃造瘘手术的当天，我害怕了，魂不守舍了一天。我一方面想劝他不要做，因为想想要和一根管子天天为伴我就替他难过；一方面是我俩注定会有一样的结局，只是谁早谁晚的时间问题。我承认没有他勇敢、坚强，于是我拿起手机给他发了一条微信："老大，我退缩了，我好想逃避，好想自杀。"没错，陌尘越来越像我的领导，知心大哥、"闺蜜"，凡事和他汇报后才能踏实下来。

陌尘，男，46岁，病前职业为北京市公安局某基层所队政委，本科临床医学专业。

与如此完全没有生活工作交集的一个人结下不解之缘，就因为同一种病。缘，是指我俩几乎同时得病、同时确诊；是指在众多从手脚发病的ALS病人中，我俩却都是从声音开始；是指我们都是在人生最好的年龄、事业最辉煌的阶段，被这个莫名其妙降临的疾病彻底改变了人生轨迹，从一个踌躇满志的中青年变成脆弱得不堪一击的样子。更有缘的是我们都有小小洁癖，都很好强，都追求完美极致，骨子里都是多愁善感的那类人。

我们的认识很戏剧化，至今历历在目。

那天一早，我独自来到宣武医院，当时神经科专家诊室门口人山人海，在完全没有挂号、预约和做功课的前提下，我凭着一副可怜样儿，被好心护士安排在专门看此病的专家门口等加号。这时，坐在门口的一个中年男子问我看什么病，我说："说话出点问题，一直确诊不了病因，换宣武再瞧瞧。"他说："我和你一样说话感觉不对，不过我挂到号了，我同学推荐的这个大夫很权威！"接着，我们先后都被医生做了肌无力的鉴别测试，在门口等待一小时后出结果。也许是症状相同，互相有了聊天的话题和契机，于是我们又进一步询问了对方的情况和确诊途径。话没说三句，陪伴他身边的妻子瞥了他一眼，凭借女人的直觉，我知道交流只能到此为止了。好在临走前，我还是厚着脸皮和他爱人互相加了微信号，顺口说："如果有好的治疗方案互相通气哈！"这就是我和陌尘初次见面的场景，不早不晚就在那个点，老天安排彼此认识了。

陌尘曾经开玩笑地对我说，得了这个倒霉的病也就算了，还让一个美女陪同，这算怎么回事呢？我的切身体会是，当一个人顺利时可以独自行走，但当一个人身处困境时真心需要结伴前行。在自己以泪洗面的那段日子，偶尔也会想起给陌尘发个消息寻求理解和安慰，厉害的是每次他简短的话语都能点化我纠结的内心。他的淡定、坦然、激励以及良好的心态就像一个标兵楷模，经常让我感到自愧不如。我在他的眼里充其量也就是个胆小、懦弱的小妹妹，需要偶尔鼓励疏导一下罢了。

我们曾经在微信交流中有很多豪情壮语，比如专家说我们是孤立型的，发展期在十年、二十年左右，所以我们是不幸中的大幸；又比如我们发誓不坐轮椅，坚持锻炼，不让自己变成苟延残喘的样子。在我最低谷时，他的一句话至今让我记忆犹新，他说:"为什么你总盯着失去的半杯水,而不看水杯里还剩下的水呢?如果有一天最可怕的事实真的降临了,那就学会适应那样的自己和生活。"

然而,随着时间的推移,上帝把这杆秤偏向了我,很快陌尘的语言和右手病情迅速恶化,去年下半年,他的咀嚼、吞咽也出现问题,为了保证营养,只能每天把食物打碎成流质吞咽。但即便那样,他还是经常鼓励我说:"你能吃就替我多吃点,千万不要被我的负面情绪和消息影响。"于是在他的支持和鼓励下我慢慢觉醒了,我拉着他开始了"冰语阁"公众号的创建,我天天拉着他锻炼,我拉着他做他自己喜欢的摄影展,我拉着他奔向了无数个难以想象的不可能。只因他说过,最好的礼物就是彼此陪伴,在最困难的时候相互拉一把、鼓励一下!

我不知道政委属于基层部队里什么级别的领导,

但是接触下来，感觉陌尘确实有领导的才能。首先是他敢作敢当，陌尘进入渐冻人病友群比较晚，群里有全国各地的病友，大家一般聊聊疾病诊断治疗，逗逗乐子。群里每天都有人在发言，反映出不同的性格和心理特征，陌尘也积极参与其中，渐渐他发现很多病友或家属对此病的认识不足，盲目尝试各种不科学的治疗，还有一些自称神医的骗子趁火打劫，他劝过，争论过，被揶揄过，被误解过，但他并未妥协。正因此，陌尘果断拖着群里那些热心帮助病友，对疾病有正确认识，有思想、有经验的病友建立了"冰语阁"病友群，目的就是科学认识疾病，理性面对疾病，积极对抗疾病，相互帮助，共渡难关。其次是他处处彰显正义。也许是职业的塑造，即使成为病人，我始终觉得他身后有着一名军人的光环指引着他的为人处世。平时只要听说哪个渐冻人群里有号称能治愈这个病的超级大师，他总是用巧妙的问题让神医露出马脚，提醒病友们小心求医，切勿被所谓的神医坑蒙拐骗。最后是他细心体贴。群里谁经济困难，生活艰辛，病情严重，他都在平时的聊天中默默记下来。只要是有关ALS的最新研究动态，他总是第一时间和大家分享，希望给病友们传递信心和希望。逢年过节他还是群里最乐意发红包的一个人，他总说凑个热闹，来点气氛，让大家高兴高兴。简单说他很少把自己的不容易或困难说出来，他永远带给人一种与生俱来的安全感和信任感，是大家值得信任的群主。

依靠着大学医学专业背景，陌尘不仅有着军人的气质形象，同时还有着白衣天使救死扶伤的情怀，因为他本身还是精神科副主任医师。在"冰语阁"公众号创建没多久，陌尘就着手组建了"一米阳光冰消雪融"和"北京渐冻人"两个群，组建的理由据他说只有一个，他想利用他的专业以及学医同学的关系，帮助更多的病友。正如他所说，建群就是传播对渐冻症的正确认识以及最新研究动态，对病友其他的病症疑问他也积极解答，自己拿不准的就请来搞专业的同学帮助解答指导，从呼吸科到消化科再到骨科，几乎有问必答，及时解除病友的疑虑。同时，对ALS研究动态，陌尘也积极关注，对学术论文的理解也更深刻一些。同时，最痛苦的也是他，因为他时刻清晰地知道自己下一秒将会面临何种残酷的困境，却始终以最坚强的一面出现在群里的病友面前，转发一些积极的科研信息，哪怕一点点微光，也要大家燃起心中的希望，坚强地走下去。

　　说陌尘满腹才华，要从他的摄影作品和帮我修改文章说起。

记得2017年元旦,陌尘用"美篇"创作了《我的2016》,当时我和他还只是宣武医院的一面之交,并不是很熟悉,但那个不经意的作品让我瞬间汗颜了,每一张图片和配的文字都具有直戳心灵的美感,且这种美感还带给读者一种精神冲击,轻轻的,淡淡的,却凝固在永恒的时间隧道中,让你超脱凡俗好像置身仙境。他在文中有一段至今让人记忆犹新的文字,"总以为时光很长,殊不知生命无常,2016给我一个劫,但我不相信会成为难,因为苦难总会伴着坚强,太多的短暂来不及一一道别,突兀得有些措手不及,可我还是站立在这岁末年终,用微笑书写过去,用坚持面对未来,不苟且,不埋怨。"

好一句"不苟且,不埋怨"!给当时沉沦的我打了一针强心剂,让我瞬间感受到了榜样的力量。就这样每次情绪低落、坚持不住的时候,我总会下意识翻看陌尘的微信朋友圈，试图从他的镜头和诗词中找到另一片没有疾病和痛苦的世外桃源，让自己置身于大自然的怀抱中去体会沧海一粟的渺小。准确说是陌尘的诗词和照片让我慢慢认识并靠近了他，因为当一个人活成一束光时，无论他是谁，是贫穷是富有，是健康是疾病，都会不自觉地吸引那些想靠近光源的人，来照亮和温暖自己。

慢慢地，我和陌尘越来越熟悉，在创建"冰语阁"的念头出现的那一刻，我脑海中蹦出的第一人就是他。他有才，我有胆，我们俩一拍即合，从公众号取名到功能介绍再到我每一篇文章的问世，陌尘都是背后的无名"军师"，一直默默支持和扶持我，小到一个标点符号，大到一篇三千多字的文章，他时常比我还积极和上心。有一次他开玩笑地对我说："过去在单位本部门有信息上网我得过目修改，病了在'冰语阁'我成了你的语文老师。"对于正经读书只读到小学四年级的我来说，每一篇文章都在陌尘的精心指点下令人耳目一新。我获得了读者的赞赏，他在幕后默默鼓掌。可惜，如今的他双手都打字困难，我唯一可以表示谢意的，就是用自己这双半残的手抓紧时间记录下我们一起走过的点点滴滴。

　　从词义来解释，阳光和孤傲似乎有点矛盾，陌尘在我眼里本身也是一个矛盾体，他阳光的背后隐藏着一份孤傲、一份不随波逐流的人生秉持、一种与众不同的审美角度和生活态度。每个摄影爱好者内心一定是阳光的，因为他们渴望用自己手中的镜头把天下最美的人、物、景记录下来，陌尘就是一个爱祖国大好河山、念一年四季风景的摄影爱好者。他拍摄的每张照片都充满着生机和希望，即使是拍令人伤感的秋日落叶，人们也能从中看到坚强和释怀。陌尘说他平时最喜欢的运动就是踢球、跑步，他的愿望是退休后拿着相机走遍世界，用镜头记录下世间美好。然而一场意外的降临，竟让这个梦想早早夭折。我很难想象当他的双手拿不起相机、无法敲击出心中的情怀，双脚不能游走于山川河流时，他需要多大的勇气才能做到真正放下。在这份让人佩服的坚强背后，我却时常能读到他像水一般的多愁善感。他一次次寄情于希望，却一次次被残酷的病魔击打，即使这样，他依然反复说不要把负面情绪带到"冰语阁"，只要活着就有希望，要用行动证实自己仅有的力量。他说他的一生都在顾及他人，能自己完成的事情绝不麻烦别人。是的，他已经习惯把阳光留给别人，把黑暗留给自己了，而且从不抱怨或埋怨，只有心甘情愿。尽管未来不得不面对苟延残喘的日子，然而在他坚定的眼神中，依然可以解读到对未来的态度，就像他的作品中所充满的正能量，随时静候飘落但绝不妥协低头。

每一个成功男人背后都有一个默默支持的女人，陌尘也不例外。陌尘的爱人是他的大学同学，娇小可爱，小小身躯隐藏着巨大的能量。什么是"执子之手，与子偕老"，认识他俩我好像才理解这句话的真正含义。生病两年，我和陌尘夫妇一共见面三次，每次他们都撒尽恩爱"狗粮"，让我这个"吃瓜群众"煞是羡慕。

第一次是在宣武医院，妻子紧挨在陌尘身边，焦急地等待结果。从眼神看，妻子比他还要焦虑不安。再次联系，我得知，因为陌尘在宣武住院治疗无效，妻子几乎一度抑郁。然而妻子没有就此罢休，依然不断到处打听治疗方案，先是带着他到杭州拜医求药，接着是走访北京各家中医针灸和康复中心，而且只要媒体有报道哪位"神医"在研究此病，她就积极在网上填报材料帮助丈夫争取一切机会。就这样，她从过去几乎凡事不用操心的幸福小女人，变成今天样样都要自己干的"女汉子"。

第二次见面是在他家附近的一家小饭馆，当时陌尘已经说话很含糊了。结账时夫妻间打情骂俏的一个动作让我大为吃惊，"大难临头"她还能做到把丈夫当个宝一样宠，在当今社会实属不多。夫妻间的举案齐眉足以抵挡绝症带来的恐惧，灾难瞬间变得云淡风轻。一年后，由于劳累过度，妻子身体响起了警报，在妻子手术后的第二天，陌尘只给我发了两行字："昨日的每分每秒对我而言都是痛苦不堪的，看她如此受罪，我却帮不上任何忙，是我连累了你嫂子。"

第三次见面是去陌尘家看望刚出院的嫂子。陌尘比之前消瘦了一半，当时他已吞咽困难，每天靠喝糊糊维持身体营养，妻子虽然术后人很憔悴、虚弱，但对丈夫的事情依然一如既往地用心，哪怕有一丝延缓病情发展的希望也绝不放过。陌尘就像一个婴儿，一切都要靠妻子来照顾，对于一个曾经心怀大志、血气方刚的七尺男儿而言，内心该有多煎熬啊！我曾经多次问陌尘，你明明知道没有希望，为什么还要坚持？而他的回答从来只有一个："因为我不是一个人！我不怕你嫂子照顾我多辛苦，但是我怕她看不到我会伤心难过，为了家人，我只能选择坚持。"

前些日子陌尘问我在忙什么，我说为了我的男神天天追剧。他问我男神是不是靳东，我问他怎么知道的，他说因为他懂我！没错，因为一个"懂"

字让我们从素不相识变成今天的互相陪伴，从各自绝望变成携手走过无数难熬的日子，开始学会接受并适应残缺的身体，接受从人生的巅峰时刻慢慢降落到低谷……我们的软弱只允许在彼此面前出现，因为我们只想把最坚强、最阳光的一面留给所关心和爱护的人。

的确，渐冻症是可怕而令人绝望的。但在不远的地方，还有一个人甚至一群人正和你同病相怜，你依然可以在黑暗中看到一丝微光，因为对方的坚持看到方向和希望！因为对方的坚持觉得疾病和死亡不再那么可怕！

这就是我和陌尘平凡的故事。

最后我想说感谢因ALS与你相识，让我们一起"抱团取暖"，一起等待"解冻"翻盘的那一天。

最美的爱情

一位普通的"家庭煮夫"的故事,让我相信最美的爱情是在最困难的时候,给予伴侣的十几年如一日的守护。也许正是那一份对守护的信心与承受,才让爱情变得那么美好!

"无论贫穷还是疾病,都要对爱人不离不弃",这句西式婚礼中的经典誓言,在真实的婚姻生活中又有多少人真正能做到呢?我已是一个有了十四年婚龄的中年妇女,对鲜花、钻戒、海誓山盟到了早已淡定麻木的年纪,却被"冰语阁"里渐冻症患者夫妻间发生的真实故事所震撼。当这句经典誓言被坚守的时候,会产生多么动人心魄的力量。

"一帘幽梦"是"一米阳光群"建群以来最活跃的家属。说他活跃是因为每天群里他的名字出现的次数最多,仔细一看基本在回答患者或家属的提问,可以看出他有很丰富的渐冻症护理经验。

出于好奇,我主动添加了他的微信,有了与他进一步了解的机会。聊天中我不经意地发现,原来他家离我家很近。偌大的北京,好不容易才遇到一位和我同病相怜又距离很近的患者,我很想见见他。我主动要求拜访,他也欣然接受。到了他家我才发现,他竟然是位五十多岁的大男人。我不禁有点儿诧异,这怎么和想象中完全不一样?在群里如此耐心细致地回答病友问题的更像是一位女士啊。走进房间见到他患病十五年、幸运的没有气切的妻子,竟然被他照顾得那么好,我打心底里敬佩。

十五年来,妻子的饮食起居全由他一个人包揽,身边连个搭把手的人也没有。通常，家里有两三个人轮流照顾患者都会累得够呛。可以想象，这些年他的生活是多么的单调乏味和艰辛不易。换做一般人，十几年一直面对身患绝症且有点儿抑郁的病人，估计心态早就崩溃了。更不用说日夜不息照护好病人了，那毅力该是如何的强大呀。何况哪一个正常人十几年间没个心情烦躁到几乎崩溃的时候呢？

当我说起心中的疑惑时，他只是很平淡地回答道："女儿远嫁，平时家里就只有我们两个人。烦躁的时候老婆会骂我，我也会怪她，谁都有情绪不好的时候。至于自己的身体，平时预感到有不舒服的苗头时，赶紧吃药预防，所幸一直没有生过大病。平时去市场买个菜，去单位办个事儿，来回尽可能不超过两小时，期间还要随时利用手机查看摄像头下妻子的一举一动。"

难以想象十几年如履薄冰的日子，照护者需要有多大的身心付出。

那天在他家里，有两个细节触动了我。一个是妻子突然想上厕所，我以为要用轮椅把她推到厕所去，谁知"一帘幽梦"说根本不需要，直接来了个"婴儿抱"。被疾病折磨十几年的妻子全身肌肉萎缩，只剩下一副瘦小的骨架子，尤其是颈部无力，宛如刚出生的婴儿，整个脑袋往下耷拉着，完全没法自控，身体也跟随脑袋的晃悠变得东倒西歪。我暗暗担心病人的脖子会不会折断，此时只见"一帘幽梦"双手熟练地托住妻子的臀部，把妻子的脖子搁在他的肩膀上，像抱孩子一样走进了卫生间。看到这一幕，我在心里不停问自己，有一天自己会不会变得如此不堪？十几年如一日地抱着妻子上厕所，需要的不仅仅是体力，更是毅力和耐心。抱起孩子的心情一定是愉悦快乐的,而抱起重症的妻子又会是一种什么滋味呢?就这么一个普通而又简单的动作,一天不知道要重复多少遍。它让我看到了一个男人的高大形象,更看到了人性中难能可贵的一面!很快妻子如厕出来,"一帘幽梦"要把妻子抱回座位上。接下来更麻烦的事情来了,妻子全身早已毫无控制力,全靠丈夫手动摆放到她感觉舒服的位置,可是再熟悉的人,没有语言的交流,也无法准确猜出患者本人的意图,唯一的方法只能是半猜半试。只见"一帘幽梦"按常规把妻子的头轻放在躺椅的枕垫上,由于颈椎是腾空的,妻子脸上的表情显然是不舒服,于是漫长的调整过程开始了。往左一点,往右一点,颈椎后面垫一块毛巾,毛巾叠出各种厚度。妻子脸上的表情依然还是不行、不舒服,调整就这样整整持续了二十分钟。终于,妻子的脸上露出默许的微笑，以示舒服了。我在一旁松了口气，心想这么一个姿势摆了二十分钟才到位，照顾她的男人该有多好的脾气和耐心啊！一个让普通人忍不住要发脾气的情况，却让这样一位深情的丈夫化成一幅温暖人心的画面。

不久我们就成了无话不谈的好朋友，经常一起探讨"冰语阁"的问题，探讨如何更好地造福一千多位患者和家属。"一帘幽梦"曾经也是单位的业务骨干、小领导，年龄又比我大十几岁，他对问题的看法比我更全面、更细致、更有深度，于是遇事我总习惯发个微信听听他的意见。白天他如果没有及时回复信息，那一定不是在给妻子做营养餐，就是忙着给妻子洗头洗澡或抱她上厕所！晚上我这个"夜游神"也经常不放过和他讨论的机会。令我意想不到的是，半夜发的微信他总是能及时回复。了解下来才知道，因为妻子讲话声太微弱，他担心自己睡着了后，妻子出状况，为了缩短在床上的时间，他每天晚上十二点以后才上床，上床后每隔四五十分钟就要醒过来为妻子翻身一次。他坦言，这两年妻子的病情逐渐加重，晚上睡觉越来越难照顾，摆好一个翻身后的姿势最快也要十五分钟，慢的要半小时，最难摆放的是头、手、腿，倾斜的角度。只有妻子舒服地睡着了，他才能安心去休息。我很难想象一个晚上折腾这么多次翻身还如何休息得好，尤其人在睡眼蒙眬的时候，突然强制醒来照顾病人。

我问"一帘幽梦"："你会发火吗？"

他说有时半天摆不好姿势，或是好不容易摆好了，还没睡十分钟妻子不舒服又要重新翻身时，他就忍不住想爆发。

"我也不是圣人啊！"他调侃自己。

"在我眼里夫妻间的爱情可能就是嘴上骂着、埋怨着，可行动和关爱从未停止过吧！因为有一个永恒的信念，我对爱人有不可推卸的责任与义务。"

有一天，"一帘幽梦"告诉我最近他身体特别不好，腰痛得几乎动弹不了，可能是长期劳累和用力抱放妻子造成了腰肌损伤。妻子的状况也特别不好，总犯困，呼吸困难，据说是二氧化碳潴留了。我劝他赶紧去医院，他却说不想让妻子去医院遭罪，自己尝试在家用呼吸机协助治疗。看来十几年无微不至的照顾，已经把他锻造成一个渐冻症的"良医"了。即使自己腰痛得不能动弹，看着失去行动能力的妻子，他还要拼命坚持。

我常想，ALS这个病把病人和家属都折磨得脱形脱心了，夫妻间还有爱情可言吗？此时的夫妻可能根本顾不上爱情是什么，只求病情能发展得慢一点，能睡个安稳觉，吃个安心饭，能看到对方的笑容足矣！如果说恋人相爱时是把双方最美好的一面展现出来，那夫妻间的相处与相守则更多是把彼此最糟糕的一面交给对方承受和包容吧！夫妻在磨合中由恋人变成了亲人，爱情在磨难中蜕变成一种责任与使命。

写这篇文章前，我特意问了"一帘幽梦"几个问题，他的几句轻描淡写的回复，让我至今感触良多。他说，妻子的渐冻症改变了他的人生方向。他由一个能力较强的业务骨干变成"家庭煮夫"，专业上失去很多发展机会，收获的只是坚强的意志力和常人难以想象的耐受力。

当我问他，假如有一天"解冻"了最想干什么时，他的回复让我很意外。他说，"解冻"，就是一个梦，一个不可能实现的梦，不管"解冻"还是解脱，就想好好休息一下，外出旅游，弥补一下过去的缺失。

我能深切体会到这段话背后蕴藏的无奈，一个健康的丈夫为了照顾患渐冻症的妻子，十五年几乎放弃了所有自己的空间与热爱的事业，陪同妻子度过人生最灰暗的阶段，带给妻子光亮和温暖。命运让这个男人失去了能证明自己价值的事业，却也造就他伟大的人格。在我眼里，他是最值得敬佩的男人，他给所有渐冻症的家属以榜样的力量。

十五年，生活在压力之下，爱情早已不敢奢望。爱情是美好的，而渐冻症患者的现实处境却是无情的。

一位普通的"家庭煮夫"的故事，让我相信最美的爱情是在最困难的时候，给予伴侣的十几年如一日的守护。也许正是那一份对守护的信心与承受，才让爱情变得那么美好！

渐冻人生命中的浪漫
——记钢铁战士王甲

在我眼里,渐冻人往往比健康人情感更细腻、更需要被爱。也许因为身体的限制,渐冻人无法拥有常人的爱情,但他们完全可以谈一场轰轰烈烈的恋爱!病魔可以封锁他们的身体,却锁不住他们自由的灵魂!

一次机缘巧合,在单位领导的引荐下,我认识了社会好心人虹妈妈,她便是默默支持渐冻人代表王甲十多年的幕后英雄。一次咖啡厅的促膝长谈,让我了解了王甲的英雄事迹。

一般来说,"英雄"只用于歌颂为人民利益而英勇奋斗、令人敬佩的人，但在我心里，王甲的故事带来的震撼力绝不亚于任何一位英雄。因为我也是渐冻人，我了解这十多年一路走来所需要的勇气和意志力，甚至是常人不可想象的承受力。十年磨一剑，磨出了像王甲这样钢铁般的战士。对王甲，我除了钦佩，还有仰慕。

走出咖啡厅的当天晚上，我便上网把王甲的相关资料浏览了一遍。果然名不虚传。生病前，他是一名年轻有为的平面设计师；生病后，他依然用仅能动的一根手指来操作鼠标，为很多知名人物和活动设计精美的海报。十年抗病期间，他先后写过两本书《人生没有假如：一个渐冻人的悟与行》与《不可阻挡：用眼睛书写生命》。还在宋庆龄基金会的帮助下设立了国内首个以渐冻人个人命名的"王甲基金"，用于帮助更多的患者。

最近，阅读王甲的微信朋友圈和微博，我猛然发现，他近期一段时间竟然在网上卖口红，并且有恋爱的迹象！对渐冻人来说，从商、恋爱是不可思议也不敢想的事。渐冻症困扰了他长达十二年之久，每天和各种机器形影不离，他竟然还有这番闲心和雅兴来做这两件事，真不愧是具有浪漫情怀的钢铁战士！

出于好奇，我采访了王甲的父亲。原来，王甲卖口红纯粹是为了帮助他的资助人虹妈妈。这引发了我新的思考——渐冻人可以在高速发展的网络世界再就业，寻找到新的立足点和社会价值！渐冻症患者仅仅是被"冻"住了身体，他们有思维、有情感、有比健康人更加敏锐的感觉；他们不是医学意义上的植物人，他们尤其渴望亲情和爱情！可是，爱情对于渐冻人而言，绝对是一种奢望。因为他不仅口不能表达爱意、身体不能和爱人相亲相爱，还有可能成了所爱之人的包袱和累赘！

王甲冲破了这世俗的观念。王甲微博上的每一首诗，我都能强烈地感受到他对崇高爱情的向往。他在风华正茂的年龄，通过虚拟的网络世界再一次活出自己的真性情。谁说渐冻人没有向往爱情、追求幸福的权力？！在我眼里，渐冻人往往比健康人情感更细腻、更需要被爱。也许因为身体的限制，渐冻人无法拥有常人的爱情，但他们完全可以谈一场轰轰烈烈的恋爱！病魔可以封锁他们的身体，却锁不住他们自由的灵魂！只要心里有无尽的希望，终将会有缝隙让他发出唯一的、只属于他的亮光！

所有曾经熟悉和了解我的人，在得知我得ALS后都会产生惋惜同情之心！我也曾经因为如此大的打击而自怨自艾，但有一天"精神导师"的一番话让我茅塞顿开！他的原话是：我们固然对外要倡导"三不精神"（不气馁、不妥协、不放弃），但对内我们还是要学会逆来顺受、顺其自然。我们不仅要接受命运的安排，更要学会在厄运中努力成为一个快乐的悲剧人。事实上，再强悍的人都战胜或改变不了命运，执意战斗下去不如学会以柔克刚，用顺应的心态另辟蹊径！只有和悲剧结为盟友才能让神经彻底放松平静下来，接收到来自宇宙磁场的能量，收获科学无法解释的奇缘、奇迹。这难道不比"三不精神"更智慧、更高一层境界吗？

王甲创造的十二年医学奇迹，不仅仅是因为他幸运地遇到了好心人的帮助，更多的是因为他做到了与命运的和解。据父亲介绍，王甲从小就有一股不服输的劲头，得病后更是欣然接受了这样的自己和突变的人生，甚至从来没有说过怨人尤天的只言片语！他之所以能够坚持到今天，是因为他积极投身于各项公益活动，用写书、写诗、写微博、做设计，一次次抵御病魔的袭击！在苦行僧般的生活里寻找并坚守着精神家园，在那里平静地和命运友好共处。

王甲的故事不仅突破了医学界对渐冻人生命周期的预言，更在渐冻人生命的厚度和宽度上给予了很多启示。在渐冻人患病的漫长过程中，其实存在着无限的可能性和创造性。也许我们的归途终将一样，但我们所路过的风景却各自不同。我们变的是日趋衰弱的身体，不变的是灵魂深处对生命的渴望和对生活的热爱！新一代的渐冻人，苦熬、反抗、斗争似乎已经不是最智慧的选择。随着国内患者日趋年轻化，渐冻人的生存期正在突破五年、十年，如何规划和管理活着的每一天显得尤为重要。也许不是每个人都拥有王甲那份幸运，不会像他那样被荣誉包围着，鼓舞着。但即便再难的处境，总有一份平淡中的价值感和满足感，需要自己去努力创造和争取。霍金用一生在证明受限的身体可以创造出无限的可能。这正是新一代渐冻人的神圣使命！

我以在王甲微博上摘选的诗歌结束此文，以期给病友们打气鼓励！

我

病了整整十一年

脱离社会也十一年

性格孤傲的我本来就没什么朋友

加上这一病连半日里打哈哈的朋友也消失不见了

没有手机，不是买不起，是无法操作

我并没有什么可痛苦的

看自己想看的，听自己想听的，做自己想做的

说到通过虹妈妈与传奇今生结缘

虽然我足不出户但是不阻碍我成为阅历丰富的人

什么刀山火海没走过

什么人情冷暖没尝过

什么酸甜苦辣没吃过

连死亡的幽谷我都蹚过几次

早就视死如饴

凡是我认准的人和事

我绝不放弃，忠贞不渝

这也是我能活到今天的信念所在

我这样一个只有眼球可以动，半死不活还没有手机的废物都还在坚持这份事业

你们身体健康有朋友有手机的人为何不坚持不做成功呢

我每天都在坚持战斗

受尽了非人的折磨

可是我依然爱做梦

那就是有一天娶你

……

"冰语阁"见人性

"冰语阁"大家庭为我们营造了一幅人间最温馨的画面。尽管我们共同遭遇了这世上最倒霉的事情，然而因病相识的我们，互相找到了依靠与信心，这份真情实意弥足珍贵。

"冰语阁"公众号2017年创建以来，已陪伴我度过了6年的光阴。微信群送走了一批批老病友，也迎来了新病友的加入。我在创建人的位置上真真切切看到了人性不同以往的一面，深刻地感受到危难时刻大家团结一心的凝聚力。在这里没有利益关系，没有人情往来，更没有尔虞我诈、钩心斗角，只有每个人自发的奉献与热爱。因为渐冻症，我们被迫离开了正常的生活轨迹。

看多了患难夫妻艰苦创业的时候齐头并进，却在创业成功之后选择分道扬镳；看多了平日称兄道弟的朋友，却在一方困难时找各种借口推脱，见死不救；也看多了父母一辈子操心的孩子，却在他们年迈得病后逃避责任。人生或许就是这样吧，总在你最需要帮助、最绝望、走投无路的时候，才能看清楚人性本质。喜欢锦上添花的人很多，而雪中送炭的人却寥寥无几。这便是生活的真实面目，人性颇为残酷的一面。

几年来，在与素未谋面病友的相处中，我却彻底改变了对人性的某些观念。他们用行动感化了我，也让我尝到了助人为乐的幸福与价值感。我想通过自己的笔触介绍一下他们。

一号成员，网名"陌尘"，"冰语阁"公众号创建人之一，"一米阳光冰雪消融群"的创建者。大学医学专业，毕业后成为一名出色的禁毒警察，业余爱好摄影，曾经和我一起畅想过"解冻"之后游遍祖国大好山河，用手中的相机记录下一路最美妙的风景。可惜事与愿违，陌尘只和病魔战斗了4年便与世长辞，而他平日为人处事的风格给"冰语阁"的全体患者和家属心中播下了正直与信任的种子。很多患者因他而加入我们的队伍，因他而排解患病的恐慌与无助。说他是大家的"定海神针"，一点儿不为过。他除了平时在群里打击卖假药的行骗分子，解答病友的疑惑以外，还熟悉每个病友的家庭生活情况。业余时间喜欢给病友们义务做心理辅导，或翻译一些国外关于渐冻症的药物研究资料。即使生命垂危之际，他也不忘关心群里患者。陌尘去世后，家里将他所用的仪器全部无偿捐给了贫困患者。"冰语阁"为此成立了以他名字命名的扶贫基金。

二号成员，网名"暮夏"，我与他相识是通过一位研究生同学推荐。没有得病前我们已有4年多合作关系，彼此非常信任，在工作方面很有默契。2016年我被确诊为渐冻症，决定创办"冰语阁"公众号，第一时间就想到了他。没有考虑发多少薪水，他便答应了。由于"暮夏"本科期间学的是电脑专业，极大弥补了我对电脑一窍不通的短板，在公众号建立初期立下了汗马功劳。"暮夏"是我们团队工作人员里活儿最多的志愿者。他除了自己的本职工作，几乎所有的业余时间都用在了"冰语阁"的制作、管理与运营中。他是三个病友群的管理员，是每篇公众号文章的制作者，是"冰语阁"的会计，大伙儿的后勤服务员，也是《因为爱，所以坚持》系列书的幕后英雄，书中每篇文章的搜集整理，包括朗读音频二维码的制作都由他一人完成。他还是我的工作助理，平时我做不了的杂活儿都交给他。我是个完美主义者，经常拉着他一干就到半夜。他就这样陪着我，无怨无悔地为"冰语阁"里数千名渐冻人和家属默默付出，不求任何回报，全凭一颗助人为乐的慈悲心。

三号成员，网名"在水一方"，湖南长沙人，是继"陌尘"离世后，"冰语阁"的二当家，我们平常喊他"水哥"。水哥子女平时都要工作，唯一照顾他的老婆几年前也因脑溢血中风重病卧床，这无疑使本身并不富裕的家庭雪上加霜。水哥是各群的监督员，所有好的坏的现象都逃不过他的如来法眼，他像是群里的老大哥，总能给人以认真负责、踏实稳定的感觉，久而久之大家都极其信任和依赖他。去年突闻水哥离世的消息，悲痛欲绝，为他写下悼念词以示敬意。水哥在我心中就像一头默默耕作、任劳任怨的老黄牛。他对所有病友的关心，以及对工作的认真负责态度得到了大家的一致认可。他的为人更是无人不夸赞。我们最后一次微信交流，是希望他能帮我写一份新书介绍给张定宇，设法邀请到他能为新书作序。当时水哥回复，他怀疑自己得了肺炎，咳得苦不堪言，但也答应尽量为我完成。我说算了，身体重要。谁知才隔了一天，水哥就把新书介绍发给我了。很难想象他是在何等艰难的状况下完成这篇新书介绍的。他就是这样一位永远把大伙儿的事放在首要位置的好人。

四号成员，网名"墨香"，中学一级教师，河南省青年名师，从教十几年，获奖无数，培养过很多优秀的学生，也是"冰语阁"写作水平最高的人之一。2016年，墨香与我一样突然起病于声音，病中不能亲自抚养儿子长大成人，成了为人母的永恒伤痛。墨香平常做人一向低调，安排给她的工作总是二话不说认真对待。墨香对"冰语阁"最大的贡献要数她发表过的文章。她的文章无论从生活层面还是精神层面，都给予渐冻人最大的安慰与鼓励。在我看来，她的文字就像炎热夏季中的一缕清风，给枯燥乏味的渐冻生活带去了一丝新意。如今的墨香已经在抖音平台里成为拥有40多万粉丝的"网红"渐冻人了。她用她的努力告诉我们，尽管暂时无药可救，却依然可以在短暂的生命里活出自己的精彩。

五号成员，网名"阿幽"，家属代表，2014年其丈夫不幸被确诊为渐冻症，至今她独自照顾丈夫已快九个年头了。接触下来，阿幽给我的印象是标准的文艺女青年，她发表的每一篇文章都带有与众不同的个人风格。她在群里担任了管理员和搜集患者提问两项任务,也是团队群里最乐意积极发言和做事的管理者之一。虽然她面临着很多生活的艰辛与不易,然而我总能在她的文章或微信的回复中感受到对生活乐观平和的态度,被她发自内心为他人服务的愉悦感而深深感染。

六号成员,网名"风影",19岁时被301医院确诊为运动神经元病,至今带着疾病已整整熬过了13年。最早是因为他的电脑技术在群里有所闻名。在请他帮我解决眼控问题的过程中,我了解到风影出生于一个农民家庭。一个本该在校园享受美好青春的少年,却因病不得不被"囚禁"在家中,常年靠年迈的父母来照顾。风影在电脑方面有天赋,虽然他没有条件跟着老师系统学过相关知识,但他通过朋友、书籍以及网络资源自学成才。他几乎每天都要通过微信等方式义务帮助群里的患者解决电脑问题，经常忙得顾不上吃饭。他说能用所知所学为病友解决问题，是出于同病相怜理应互相帮助的原则。这一生既然没法活得轰轰烈烈，那就希望能静静地离开。只有在帮助别人的时候才觉得自己存在的些许意义。

七号成员，网名"冰雪消融"。冰雪消融是我们在提议"冰语阁"开设抖音和快手账号时认识的。当时水哥向我极力推荐此人，因为她有两个特殊的身份：已故病人的家属和职业媒体人。她的爷爷得病五年，亲身经历照顾爷爷两年，为此她对渐冻人的痛苦和家属的艰辛有着切身的体会。当我问及为何愿意免费给大家做抖音视频，自愿入群承担管理工作时，她说她的想法就是能通过目前流行的短视频方式，让更多的病友和患病家属看到我们，大家凝聚在一起，积极乐观地去对待疾病，争取"解冻"

的日子早一点到来！虽然爷爷已经离世多年，如她所说，她依旧会坚持初衷，只要"冰语阁"在，她就会一直默默地做下去。

八号成员，网名"清清世界幽幽梦"，南通群和护理群的主要负责人，以耐心细致回复群里每个人提问而闻名于患者和家属中。由于他有十几年照顾患病妻子的经验，两个群被他管理得团结一致，井井有条。他给大家的印象是无论自己有多苦多难，总会把最温暖的一面留给群里每个需要帮助的人，用尽全力帮助大家。

除以上成员以外，我们团队还有两个网名相同的国内知名渐冻人：一个是京东原副总裁蔡磊，在研发解药的道路上为病友们赴汤蹈火；一个是来自河北的励志青年石福庆。他们都用自身感人的故事激励着每一个正在遭受渐冻症摧残的患者，正如他们的网名"石头"一样,坚而不摧。

正因为有这样一批优秀的成员,"冰语阁"的队伍日益壮大,让患者有了被照护关注的归属感。

世界上最难以琢磨的东西,非人性莫属。在这场没有硝烟的疾病战役中,我们真真切切看到了人性的善与恶。在经历过被抛弃或被放弃之后,方能认清生命中谁才是最在意自己的人,且更加珍惜一直陪伴自己渡过难关的人。

"冰语阁"大家庭为我们营造了一幅人间最温馨的画面。尽管我们共同遭遇了这世上最倒霉的事情,然而因病相识的我们,互相找到了依靠与信心,这份真情实意弥足珍贵。

是渐冻症把五湖四海的人心聚集到一起"抱团取暖",是渐冻症把一群同病相怜的可怜人最善良的一面激发了出来,是渐冻症使大家在绝症面前不约而同选择了为爱付出、为爱坚守。在这个乌托邦的大家庭中，我们分享着身边最励志病友的故事，做着力所能及且不求任何回报的事情，感受到了人性最美好的一面。

死亡面前，每个人感悟到付出即快乐，付出即存在，什么才是人一生中最重要的东西。在为他人付出的过程中忘却了疾病的恐惧和痛苦，重新找到了活着的新意义。在我看来，这便是"冰语阁"存在的价值，也是"冰语阁人"最引以为豪的人性光辉。

让爱汇成一条河
——《因为爱,所以坚持》出版的幕后故事

爱是一种慢性循环。我最初那一点善愿不过是细细的随时可能干涸的小溪,它有幸流过这些爱的深泽大湖,沿途汇聚了无数人的善心爱意,最后汇成一条丰沛的爱河。

这里的每一滴水,都成就了这条河,也都因这条河而成就。

《因为爱,所以坚持》出版后,光明日报出版社的资深编辑谢香女士让我写写出书的过程,谈谈自己的体会。我考虑了片刻,一时无从下手,就将这事搁置了。

直到有一天，我从一本书里看到了一篇短文，题目叫作《爱是一种慢性循环》。我仿佛邂逅了苦苦找寻的灵感，一下子有了提笔的冲动。爱也许有起始，但没有终结，它孕育着，循环着，传递着。说句心里话，最初创建公众号，我只是想给孩子留一笔拿生命代价换来的精神财富，或许可以顺带帮助同病相怜的病友们。绝没有想要出书、拍护理片，更不会预料到当初只是"玩票"性质的一个公众号，今天竟然能给我带来来自社会的肯定。

倒叙一下，我能有今天的成长，仰赖社会方方面面的爱心的汇聚，其中有六位爱心人，他们在关键时刻出现，给我力量，促成我生命一次次的超越。他们是我的女神沈培艺老师，我的伯乐谢香女士，我的大学同学朴美花和她姐姐赵宏丽导演，还有我精神的导师卢新华、杜卫东两位作家。

故事还要从2018年3月说起，有一天沈培艺老师通过我的微信朋友圈发现了不对劲，便给我留言："妹妹你这是遭遇到什么了？"当得知我人生遭受如此打击时，她第一时间在"文促会美育工作委员群"和"中戏舞剧系教师队伍群"，为我和"冰语阁"写了长达500字的信息，请大家关注和支持。一瞬间，我得病的消息在舞蹈圈公开化，接着老师、同学、朋友的慰问短信如潮而至。当时我即兴写下了一段统一回复大家的话："感谢大家的关心，承蒙沈培艺老师多年的厚爱和关心，今天将我的公众号正式在舞蹈圈推广。在这里我向大家汇报：第一，我和病魔已经相处三年了，人生最难熬的日子过去了，目前除了吃喝拉睡以及呼吸外，其他功能都在逐渐消失，正式步入残疾人的队伍；第二，在舞蹈圈公开公众号，我思考了很久，因为我现在带领着150名患者的团队，所以希望大家来关注和关爱，也希望'冰语阁'有正能量带给健全的你们；第三，上帝把十万分之一的概率降临于我，我成为舞蹈界患ALS的第一人，这是我的不幸，也是我的'荣耀'，所以只能逼迫自己抓紧时间做有意义的事情，闭门好好修炼身心，避免重蹈北大女博士的悲剧，希望像霍爷爷（霍金）一样啥也不缺地活着。关注我的公益事业，就是对我最好的帮助。感谢！感谢！算命大师说我能活80岁。医学权威专家说我至少还能活20年，因为我属于渐冻症里最特殊、最稀少的病例，所以不用担心。过几年等到'解冻'，我依然还会东山再起，我只是临时被上帝派去干公益而已。"

随后沈老师提议要用她的培艺基金为我组织一场义演，我婉言谢绝了。但我顺口问了一句："您认识出版社的人吗？我想为'冰语阁'的病友集体出本书，由于经费有限，希望多咨询几家出版社。"

没过两天，沈老师就推荐了光明日报出版社资深编辑谢香女士和我认识。经过短暂的微信交流，重情重义的谢老师主动提出，出版社不盈利来为我们出这本书。顿时，我好像遇见了伯乐一般热血沸腾。

出书的大事终于落实了，但如何发动病友积极参与，如何让新书得到全面推广，便成了压在我面前的两座大山。不知谁提醒了我一句，可以找明星推荐宣传。于是我再次想到了资源较广的沈老师，她二话没说，当天就逐个给文学、影视、舞蹈、传媒等各界朋友发出请求推荐的信息。随后，于丹、何炅、周国平、张凯丽等众多明星、学者纷纷回复表示支持。这份暖流逐渐在社会各界扩散，很多意料之外的名人、专家，表示愿意为我们推广新书而出力。其中让我最为感动和意外的是，国内渐冻症方面最权威的三大医学专家，都愿意全力支持与配合。无论是破格出镜代言，还是后续为新书写序，为护理片出镜推广，三位医学界专家的加入，无疑都为我们这群患者的新书增添了浓墨重彩的一笔。

沈老师不光帮助落实了出版社和名家推荐，更重要的是，还为我们组织了两次微信募捐活动。一次是为"冰语阁"患者，一次是为渐冻人家庭护理片。对于刚刚起步的"冰语阁"，真可谓是雪中送炭。

在沈老师的牵线下，2018年4月，我正式和光明日报出版社合作。各种大大小小的事务接踵而至，拟写书名、确定目录和章节、讨论封面设计、邀请专家写序……这期间，我和谢香女士几乎天天微信办公，经常为了一个想法讨论至深夜。书稿中几十篇文章，都经过谢老师逐字逐句的审核。谢老师不愧是资深且有爱心的编辑，她不只是从工作的层面为我们这群患者出版了一本书，更为新书的推广煞费苦心。在她的努力下，上海游读会捐赠给"冰语阁"几百件印有新书封面的志愿者文化衫。她又引荐了两位著名作家杜卫东和卢新华老师，我和"冰语阁"在他们的笔下，三次登上《人民日报》。

杜卫东老师骨子里透着军人的正直和善良。起初谢老师只是想通过杜老师为渐冻症患者找记者写篇报道文章，谁知杜老师听说了我的故事后，决定亲自来写这篇文章，这让电话里那一边的谢老师又惊讶又感动。不久，杜老师便主动加了我的微信，提了十个问题采访了我，最后还附加一句："哪天见面希望一定请你吃个饭。"一天谢老师微信告知我，杜老师为我们写的文章登上《人民日报》了。刊登后不久，网上阅读量就突破了两万，还得到了上级领导的高度评价。后来《人民日报》主动向杜老师约稿，杜老师再次洋洋洒洒写下了那篇《致敬——平凡中坚持的你》，将我和伙伴们第二次展现在党报上。看到文章的那一刻，我有一种深深的感动。将他的两篇文章收录到书中作为序言时，我给他发了条微信："您为渐冻人立了大功啊！"他只淡淡地回复了一句："一切归功于谢老师。"

　　与卢新华老师结缘也许早就命中注定。那是在菲律宾，一辆满载来自世界各地华文作家的大巴车上，谢老师就在其中，而她的前排就坐着这位"伤痕文学"的鼻祖。谢老师本来只是想试试看能否邀请他也为本书作序，结果一路聊下来，居然发现卢老师和我是南通老乡。卢老师二话没说，不仅同意作序，还提出要看看我本人。

在一个细雨蒙蒙的日子，他真的从上海开车过来，走进我南通的家中。起初我有点儿受宠若惊，心想就为一篇序，让这么知名的作家，在这样的雨天，来回开四个多小时车亲自来跟我会面，我们何其幸运。很快我们就无所不谈，他把困扰我几年的病痛与生死，用佛家的精神解说得超脱、淡然。他的真诚和他的人生境界深深打动了我。临走时，他又将最近一次讲座的所有酬劳，都捐赠给"冰语阁"。不久，谢老师发来微信祝贺我说，卢老师不但要给新书作序，还要以此书顾问的身份在新书发布会上做推广。不久，卢老师的《暖禾》让我和"冰语阁"第三次登上了《人民日报》。紧接着他又参与组织了北京、上海、山东、南通、如皋五场高规格的新书发布会。一篇《我和葛敏有个约》又把我作为南通精神文明的典型人物在各大媒体进行了宣传，使我在靠近死亡的日子里，感受被荣誉包围的自豪与幸福。

卢老师对我的帮助，绝不只是在这些具体的事务上，他发自内心的关怀和感同身受的开导，更成为我人生中最为重要的精神支柱。各地发布会结束后，他虽然回到美国，但还是隔三岔五地嘘寒问暖。尤其是在我情绪低迷的时候，他总能用他丰厚的人生体验和深邃的生命智慧帮我解围脱困。与卢老师的结缘，让我的心坦然了很多，开阔了很多。

最后，我想说说我的大学同学朴美花。

2017年10月，我在医院输为期21天的依达拉奉。无聊中，忽然想起我前期做的中学舞蹈课例还没完成。眼看着自己的身体一天不如一天，一种紧迫感使我脑海里闪现出几个在校时的挚友，很快我就锁定了女强人朴美花。我给她发了一条求助信息，告知她我得了绝症,不能动也不能说,希望她来帮助我实现一些教学上的想法。她得知我的病后,悲痛万分,让我有什么愿望一定告诉她,她会尽全力帮我实现。当她得知我创建了"冰语阁",并且想做一部宣传短片来为病友发声时,她斩钉截铁地告诉我,这个愿望她来免费帮我实现。于是商量好拍摄方案后,她用了半年的时间,搜集了从上海舞蹈学校到上海歌舞团,再到北京舞蹈学院本科至研究生乃至工作单位所有的同学、老师、同事,对我一路走来最想表达的心声视频,同时还搜集整理了"冰语阁"很多病友的资料。她姐姐赵宏丽——人称赵导——的影视公司全力投入拍摄和后期制作。

2018年6月,当我回到北京时,美花告诉我过段时间她想给我一个惊喜。果然,7月里一个酷热难耐的日子,在美花的安排下,我们所有参与新书工作的人员，聚集在艺术工厂的一间会议室里，观看拍摄制作长达半年的宣传片。在场的所有人都被感动得热泪盈眶。在同学朴美花、赵导的传媒公司、光明日报出版社三方共同努力下，一场别开生面的新书发布会开始筹备。

2019年4月20日，《因为爱，所以坚持》新书发布会在北京市西城区第一文化馆如期顺利举行了。

新书出版凝聚了如此多的爱意。新书面世，却并不意味着爱的停止或者暂歇，相反它成为更浩大的爱的开端。随后日子里，有更多爱心人士因为这份爱意和善缘将"冰语阁"的光亮源越做越大，遍布全国各地的渐冻症患者和家属因此而受益。

行文至此，我还在思考爱的源头在哪儿，它又是如何发端、如何孕育的。我的人生从风华正茂的巅峰，一夜之间跌落谷底，30多年的追求奋斗和梦想也化为乌有。我经常在思考自己还有什么武器能和病魔做斗争？我非常幸运地找到了答案，那便是用爱跨越每一个想放弃的坎儿，用爱创造重生的机会。

爱是一种慢性循环，我最初那一点儿善愿不过是细细的随时可能干涸的小溪，它有幸流过沈培艺老师、谢香老师、杜卫东老师、卢新华老师、朴美花同学、赵宏丽导演这些爱的深泽大湖，沿途还汇聚了无数人的善心爱意，最后成为一条丰沛的爱河。每一滴水都成就了这条河，也都因这条河而成就。

爱是一种循环，爱发自内心，在经历了岁月漫长的冲刷后，不会有一丝一毫削减，反而不断生长、汇聚，最终激荡成磅礴的力量。

绚烂的命旅程

附 录

小诗一札

当我真正开始爱自己

绚烂的生命旅程

当你觉得已经山穷水尽，
何妨投入自然的怀抱。
在那里，
有东升西落，有月上林梢，
有飞鸟还巢，有大雁南翔，
霜晨里一缕射到肩膀的阳光，
夏日里一丝拂过面颊的凉风。
我们在这风花雪月中，醒过来……

尽管我们的身体活动，
面临着种种困难，
甚至是引来旁人的异样眼光，
但在前行的道路上，
心怀愿力与感恩，
你会获得神奇的力量，
战胜所有的烦扰，
唤醒一直沉睡的生命。

照片上定格的每一个瞬间,
都需要我们付出常人数倍的艰辛。
但那笑容背后,
昭示着我们
同样可以用微笑的姿态,
迎接每一天的挑战,
我们依然可以
拥有充满意义的人生。

加油吧!
迈开你的双腿,
冲破你的顾虑,
用坚强和愿力,
主导自己的生命旅程。
用感恩和包容,
感受赞叹点滴的绚烂。
我们每一刻的努力,
都汇入了生命的长河。
我们每一瞬的觉知,
都增加了生命的厚度。

当我真正开始爱自己

当我真正开始爱自己，
我才认识到，所有的痛苦和情感的折磨，
都只是提醒我：活着，就不要违背自己的本心。
今天我明白了，这叫作"真实"。

当我真正开始爱自己，
我才懂得，把自己的愿望强加于人，
是多么的无礼，就算我知道，时机并不成熟，
那人也还没有做好准备，
就算那人就是我自己。
今天我明白了，这叫作"尊重"。

当我开始爱自己，
我不再渴求不同的人生，
我知道任何发生在身边的事情，
都是对我成长的邀请。
如今，我称之为"成熟"。

当我真正开始爱自己,
我不再牺牲自己的自由时间,
不再去勾画什么宏伟的明天,
今天我只做有趣和快乐的事,
做自己热爱和让心欢喜的事,
用我的方式、以我的韵律。
今天我明白了,这叫作"单纯"。

当我开始真正爱自己,
我开始远离一切不健康的东西。
无论是饮食和人物,还是事情和环境,
我远离一切让我远离本真的东西。
以前我把这叫作"追求健康的自私自利",
但今天我明白了,这是"自爱"。

当我开始真正爱自己,
我不再总想着要永远正确,不犯错误。
我今天明白了,这叫作"谦逊"。

当我开始真正爱自己,

我不再继续沉湎于过去，
也不再为明天而忧虑，
现在我只活在一切正在发生的当下，
今天，我活在此时此地，
如此日复一日。
这就叫"完美"。

当我开始真正爱自己，
我明白，思虑让我变得贫乏和病态，
但当我唤起了心灵的力量，
理智就变成了一个重要的伙伴，
这种组合我称之为"心的智慧"。

我们无须再害怕自己和他人的分歧、
矛盾和问题，
因为即使星星有时也会碰在一起，
形成新的世界。
今天我明白，这就是"生命"。

人生这条路，走的人很多。

每个人，走出的样子都不尽相同。
但不论是什么结果，
只要是向着本心的方向走，
踏上了想要到达的那片土地，
途经的风景，是枯凉，是繁荣，
都是值得回顾的。
生命如水，静默流淌。
愿所愿得偿，路想路风光。

假如等不到解冻的那一天

后 记

假如等不到"解冻"的那一天

假如等不到"解冻"的那一天，我愿化成一束光，用余生这点残缺的光亮，照耀更多的人！

大年初二，病友"夕颜"给我发了这样一条微信："姐，坚持不下去了，我想去瑞士安乐，可行吗？我一分一秒都不能再坚持了！"

我非常淡定且不假思索地回复她："听说去瑞士安乐死很贵，如果条件允许我支持你。"

我没有按照常规思路开导劝解她。最痛苦的时候，其实我也有一死了之的念头。

当大部分病友都靠着解冻的信念，支撑自己坚持下去的时候，我的愿望只是希望在自己所剩不多的日子里，为自己活一把，做自己想做的事儿，哪怕别人觉得疯狂。

2017年，我不顾家人反对，和几个志同道合的病友创建公众号，就像初出茅庐的热血青年一样，全力以赴投入创业初期的、没日没夜的忙碌中。家人看到我这般辛苦，总是劝我说："你都自身难保了，就别再管别人的闲事了吧，先把自己的身体养好才是正事。"这样的劝导当然不无道理，然而要做事的激情，想成事的迫切，却支撑着我坚持做下去。不知不觉公众号做了6年了，也取得了一点儿小成绩，如今竟然成了开启我人生新篇章最大的精神力量。

2018年底，我再次挑战自己，打算出一本渐冻人自己书写的书。无视旁人的质疑，我上下奔走，足足准备了大半年，最终将这个看似不太实际的梦想变成了现实！我从来没想过，我的名字会和一本书联系在一起。

2019年，我无意间看到了台湾人拍摄的渐冻人护理片，突发奇想，为什么拥有20多万渐冻症患者的大陆检索不到类似的视频呢？书上的文字哪有视频里的操作来得一目了然呀。我想做一个渐冻人护理视频。于是我又联系了曾经给过我很多支持的北医三院樊东升主任团队，以及知名渐冻人王甲。前期的准备工作特别辛苦，几乎每天洗漱后我都要坐在电脑前面，用尚能动弹的几个手指敲击键盘，一一回复各方存在的问题与项目的推进工作。拍摄前，我以演员的身份特意坐火车赶往北京，进行三天护理片的录制。录制完成后，又继续花两个月时间与制作方沟通后期配音、补拍、文字等事项。现在观众只需用手指轻轻一点就可以看到的视频，却不知道我们付出了怎样的心血和努力。知道我的人不理解我为什么做这些。而在生命进入倒计时的时光里，我知道只有为别人做点儿事情，才能感受到自己生命的意义。

　　2019年的下半年，就在新书《因为爱，所以坚持》出版后不久，我又想重操舞蹈教育的旧业了。对于一个不能说不能动，只能坐在轮椅上的重度残疾人来说，教人跳舞简直是天方夜谭。以前自己创办舞蹈培训机构是为了盈利，而如今依然坚持则只有一个理由——喜欢，发自内心的喜欢。于是我把教学对象定位在和我一样有着身体缺陷，不可能有机会接触专业舞蹈培训的福利院的孩子们。聘请专业教师，用我的培训思路和教学计划来授课。每次上课前，我会将备课内容通过微信发给任课教师，与她们一起探讨上课步骤，下课后会把授课过程中发现的问题及时通过微信反馈给老师，授课老师替我实现着我的每一个教学想法。尽管每次都要歪着脖子费力打字，和舞蹈老师沟通每一个教学细节问题，有时看不到教学效果也打退堂鼓，然而，孩子们舞蹈时脸上绽放的笑容让所有困难刹那间烟消云散。我觉得这一切的付出，值！

那年中秋节，我还萌生了坐轮椅跳舞的念头。在男舞伴的配合努力下，实现了也许是此生最后一次登台表演舞蹈的心愿。

2020年，自媒体抖音风靡，我也幸运地赶上这趟时髦的列车。之所以幸运，是因为有渐冻人家属毛遂自荐提出帮助"冰语阁"免费制作抖音视频，我才有机会去拍摄有自己特色的视频作品，否则一个连打字都困难的人根本无能为力。随着刚开始的几个作品意外地上了抖音热搜榜，还被央视编导选中上了央视综艺节目，我的信心和兴趣也越来越高涨，于是反传统观念的渐冻人抖音作品陆续应运而生：有逛商场购物愉悦身心的，有在家喂饭锻炼搞笑的，有美容美发臭美的，还有自编自导自演的情景剧……不仅丰富了自己的业余生活，也激励着其他患者乐观生活的信心。我希望通过自己的作品所传达的思想，即使不幸患上了十万分之一概率的渐冻症，我们也要在离开这个世界之前为自己精彩活一次。渐冻症患者除了不幸、同情、悲痛、绝望这些人们观念里惯有的标签以外，应该还有其他的色彩标签。

回顾6年多患病经历，我不禁感慨，正是渐冻症对身体的禁锢才让我有了精神思想上的某种超越。否则，我根本想象不到自己能为渐冻人做那么多事情。我喜欢"尽人事，听天命"的那种坚持而又通透的生命态度，而不是人定胜天的雄心。只要努力活过，剩下的一切听从老天安排，有了这样的心态自然淡定了许多，患得患失少了许多，坚持到"解冻"那一天自然就不是我们当下活着的唯一目的了。

既然我们被医学界判了死刑，医生只能诊断不能医治，那就更要学会自己拯救自己啊！

也许这辈子也等不到"解冻"的那一天，难道人生因此就画上句号吗？每个患者在得病初期都有过战胜疾病的雄心壮志，然而坚定初心，赋诸行动，持久坚持下去的人却寥寥无几。我们都会在中途被这个杀伤力巨大的疾病折磨得生不如死，怀疑人生。带着疾病勇敢走向未来才是渐冻人当下可以牢牢把握、努力抓住的生活！

我经常和自己开玩笑说，公众号是我现在的新工作，群里的病友们是我的新同事，轮椅便是我的私家汽车，每天康复训练是我的健身卡。不能说话可以历练我的承受力、忍耐力，将语言转换为思考的能力，不能自理可以当作自己又重新回到了婴儿时期，重温被人照顾的感觉。穿衣打扮，美景美食，旅游逛街，写作读书，在人生有限的时间里一样也别落下。因为生活充实了，就不会执着于能不能等到"解冻"那一天！因为生活有了奔头和色彩，转移了对疾病恐惧和无助的心理，也就不会觉得渐冻的日子那么难熬了！人活着，尤其在逆境之时，鲜花掌声都不重要，真正需要的是一种力量，一种斗志，带上疾病一起开启新生活，也许不知不觉就真的离"解冻"的那一天不远了。

我经常会幻想自己有一天"解冻"了，与儿子嬉戏，重返舞台和课堂，孝敬父母，周游世界……想着想着，便会情不自禁地傻笑起来。也许"解冻"的美梦永远只能在心里。

假如等不到"解冻"的那一天，我愿化成一束光，用余生这点残缺的光亮，照耀更多的人！

渐冻症日常护理手札

护理
手札

渐冻症日常护理手札　　樊东升

尽管目前临床上尚无有效治愈方法，但尽早对患者进行综合护理和治疗，可有效延缓疾病发展，改善患者生活质量。患者及其照护者在疾病的不同阶段，会出现不同程度的焦虑、抑郁、失眠甚至情绪不稳、绝望等，建议根据患者及其照护者的具体情况，给予针对性的指导和治疗，可提高患者的生活质量，并预防各种并发症的发生。对于患者病程中所出现的各种并发症，需多学科MDT制订合适的方案，综合使用辅助用具，减轻患者痛苦。

樊东升　北京大学第三医院神经科主任、北京大学神经病学学系主任